FULLMETAL ALCHEMIST

映画ノベライズ

鋼の錬金術師2
復讐者スカー

著 荒居蘭　原作 荒川弘　脚本 曽利文彦　宮本武史

目次

F U L L M E T A L A L C H E M I S T

鋼の錬金術師　完結編
復讐者スカー

山田涼介　本田 翼　ディーン・フジオカ
蓮佛美沙子　本郷奏多／黒島結菜　渡邊圭祐
舘ひろし（特別出演）
新田真剣佑・内野聖陽

原作：「鋼の錬金術師」荒川弘（「ガンガンコミックス」スクウェア・エニックス刊）
監督：曽利文彦　脚本：曽利文彦　宮本武史

制作：映画「鋼の錬金術師 2&3」製作委員会
企画・制作プロダクション：OXYBOT
配給：ワーナー・ブラザース映画

本書は映画「鋼の錬金術師」完結編　復讐者スカーの脚本をもとに
書き下ろされたもうひとつのストーリーです。

序章「イシュヴァールの亡霊」

ジョリオ・コマンチには嫌いなものが多い。

まず、若者が嫌いだ。年寄りと見るとすぐ侮《あなど》る。若手の兵士が、かげで「コマンチじいさん」と呼んでいることは知っているが、そんなとき彼らは決まって小バカにしたような薄ら笑いを浮かべている。

うわついた服装も嫌いだ。磨きこんだ革靴に、ぴかぴかのシルクハット。それによくブラシをかけたコートでなければ、外出する気にもなれない。

それから機械鎧《オートメイル》、あれも嫌なものだ。

数年前、イシュヴァールでの戦いに従軍し、コマンチは左の膝下を失った。機械鎧の導入も考えたが、脱着時の不快感たるや筆舌《ひつぜつ》につくしがたく、何よりむきだしの機構がエレガントでない。先端を丸く削っただけの、シンプルな義足で十分こと足りる。

好き嫌いの激しさがそのまま気性の激しさとなって表れる、コマンチはそういう男である。


夜ふけの中央《セントラル》はひっそりと寝静まり、義足が石畳を鳴らす音だけが響く。

コマンチはめずらしく上機嫌だった。息子夫婦と夕食をともにした、その帰途である。

数えたことなどないが、おそらくは好きなものより嫌いなものが多いから、コマンチは必然的に不機嫌が常となる。そんな彼の数少ない楽しみが、まだ幼い孫の顔を見ることだ。

会食は月に一度。つまりこの気難しい老人には少なくとも年に十二日、すこぶる機嫌の良い日があることになる。

運河にかかる橋のあたりで、ふいに道をふさぐ者があった。

フードを目深にかぶった、堂々たる体躯《たいく》の男だ。

ジョリオ・コマンチだなと訊かれたので、いかにもと応じると、男は無言でフードをめくる。

街灯に浮かぶ褐色の肌、赤い瞳。

額に大きな十字傷の——。

「イシュヴァール人!?」

「神の道に背きし錬金術師、滅ぶべし！」

夜気が震えるほどの殺気を放ちながら、男がゴキリと右手を鳴らす。

男から目を離すことなく、コマンチはすばやく手袋を外した。両の手のひらにびっしりと彫りこんだ錬成陣は、長年にわたる研究の精髄《せいずい》そのものだ。

「この銀《しろがね》の錬金術師にたったひとりで戦いを挑む……その意気や良し！」

地面に手をつくや、石畳がナイフのような鋭さをもって立ち上がり、男に襲いかかる。

コマンチは国に力量を認められた国家錬金術師だ。〈銀〉の銘《めい》の通り金属——刃物の錬成を得意とする。イシュヴァール殲滅《せんめつ》戦では人間兵器として、その研究成果を存分に披露した。

ましてここは橋の上だ。石畳も欄干《らんかん》も、錬成の材料にはこと欠かない。

無数の回転刃を縦横に操り、男の懐《ふところ》に飛び込んでは剣で切りつける。だが次々と繰り出す刃の嵐は、男の右腕から放たれる錬成光に阻まれ、ことごとくチリと化した。

「……破壊の錬金術か」

錬金術は物質の〈理解〉〈分解〉〈再構築〉の三段階を踏み、新しいものに作り替える技術だ。男はそれを〈分解〉で止めているのだろう。

殺意をたぎらせつつも男は淡々とコマンチの攻撃を受け流し、着実に間合いを詰めてくる。体術の心得もあるようだ。

若いが少しは骨のあるやつだと、コマンチは思う。

コマンチが若者をうとましく思うのは、盛りをすぎた男の強がりなどではない。

イシュヴァール殲滅戦に投入された国家錬金術師は、一流の頭脳と技術を備えた、いわば〈戦う科学者〉だ。老いたとはいえ人間兵器と恐れられたその戦闘力は、屈強な兵士が束になろうと相手にならない。攻撃のキレもスピードも、気迫もだ。だから――。

だからコマンチは若者が嫌いなのだ。戦場の凄まじさも知らず、うわべだけを見て年寄り扱いする青二才どもの、その若さゆえの傲慢《ごうまん》が。

男がまとう凄惨《せいさん》な気配は、国軍の若い兵士にはないものだ。隠しようのない血の臭い、肌がヒリつくほどの空気の震え、脳が沸騰《ふっとう》するような憎悪。そうだ、これは。

「ほっほ！　なつかしい戦場の香り！」

失ったはずの足が疼《うず》く。激戦のさなか、イシュヴァール人に奪われた左足が。

錬金術の大原則は等価交換だ。ならば同じ痛みをくれてやるのが筋であろうと、コマンチは渾身《こんしん》の力をこめ刃を放つ――。


義足を軸に、コマのように旋回しながら欄干に舞い上がる。機械鎧ではこうはいかない。

「惜しい、かすっただけか」

男の左足から血がにじんでいる。骨を断つまでにはいたらなかったようだ。

しかし、次は外さない。壊すばかりで、創造を知らぬ者に負けようはずがない。

次なる刃を錬成しようと身構えた、そのとき。

「かすっただけか……」

コマンチの言葉を、男が鸚鵡《おうむ》返しにつぶやいた。

男が何を言っているのか、その意味を解する間もなく義足が砕ける。

足元からくずおれ、コマンチは水音とともに川に落下する。

――早く錬成を。

――武器を錬成しなくては。

岩でもあれば、すぐにでも錬成は可能だ。しかし、生み出すことに長けているはずのその手は、むなしく水を掻くばかり。

よくブラシがけした上等な服は水分をたっぷりと吸いこみ、もがくほどにコマンチの四肢を搦《から》めとる。

その顔面を男の大きな手が捕らえ、真っ黒な川面にまばゆい錬成光が走り――。

ごぼり。

水面へとのぼっていく、この世で最後の吐息。

その嫌な音を聞きながら、コマンチは昏《くら》い水底に沈んだ。

※

ヴィトー駅に、ガシャガシャと派手な金属音が響く。

人々が一斉に音のするほうを見ると、大きな鎧が走っていた。

アルフォンス・エルリックは、好きで走っているわけではない。

兄エドワードのせいだ。

「アル！　急げ！」

「だから、ボクは人混みで走ると危ないんだって！」

硬い鎧の身体で人にぶつかって、ケガをさせてはいけない。アルはまわりに気を配りながら、慎重に兄のあとを追う。

鎧を着こんでいるのではない。着こむための肉体を、アルはもっていない。

幼いころ、兄弟は人間が人間を造る〈人体錬成〉に挑み、それがなぜ錬金術最大の禁忌とされているか、身をもって思い知らされた。

エドは左足を、アルは全身を〈もっていかれた〉が、亡き母の蘇生《そせい》はかなわず、兄弟には砂をかむような絶望と、逃れようのない痛みだけが残された。

しかし、兄はあきらめなかった。右腕と引き換えにアルの魂を取り戻し、その場にあった鎧——行方知れずの父のコレクションだった——に定着させたのである。

その、空っぽの鎧が今のアルだ。

「ったく、乗り遅れたら置いてくからな！」

ずいぶんな言いようだと、アルは思う。

「……大事な査定日を忘れてたのは誰だよ」

ボソリとつぶやくと、エドが何か言ったかと振り向いた。地獄耳だ。

兄は〈鋼〉の銘をもつ国家錬金術師である。失くした右腕と左足を機械鎧化していることから、大総統じきじきに命名された。

国家錬金術師にはさまざまな特権が用意されているが、国費で研究をおこなう以上、その成果を軍に報告しなくてはならない。それが年に一度の査定だ。レポートを提出しない者、成績がふるわない者は資格の剥奪《はくだつ》もあり得る。つまり〈サボるなよ〉ということだ。

その国家錬金術師の査定を、兄はコロッと忘れていたのだ。

次に出発する中央行きの列車に乗らなくては、受付時間に間に合わない。

アルは、兄と一緒になって走る。

口にしたことはないが、アルは走る兄の姿が好きだ。真っ赤なコートの裾を蹴り上げるようにして躍動する様子も、後ろで結んだ三つ編みがリズミカルに跳ねるさまも。まさに元気のかたまりといった感じだ。

肉体は物質世界とつながる窓のようなものだ。けれど今のアルにはそれがない。冷たい鎧の身体は、眠ることや食べることはもちろん、痛みやぬくもりさえ感じることができない。

だから自分は兄によって人工的に造られた、でっちあげの人格ではないかと疑ったこともあった。しかし家族や友人を大切に想うこの気持ちは、自分がたしかに人間だというその証ではないかと、アルはそう思っている。

「あっ、ほら、あの列車だよ！　もう発車してる！」

「やべえ！」

アルは走る。

エドのすぐ後ろを、派手な金属音をたてて――。

※

背後でガシャガシャと、派手な金属音がする。

少しばかりやかましいが、エドワード・エルリックにとっては安心する音でもある。

魂のみの存在でも、弟がたしかにそこにいる。そう実感できるからだ。

『母さんを、もとにもどせないかなあ……』

幼いころ、アルフォンスにそう提案したことをエドは今も悔《く》いている。

十二歳で超難関の国家資格を取得し、天才ともてはやされることもあった。

そんなわけあるかと、エドは思う。自分は天才などではない。真に賢い者なら、そもそも禁忌など犯さない。まして、この世でたったひとりの弟を巻きこんでまで。

しかし、後悔ばかりでは何ひとつ変わらない。アルの身体を取り戻すために必要な、相応の代価を探さなくては。その可能性を秘めたものが、賢者の石――自然の摂理である〈等価交換の法則〉さえ無視し、大規模な錬成をおこなえる究極の術法増幅器だ。

伝説級のシロモノゆえ軍はその存在を認めていなかったが、ドクター・マルコーを中心に研究は極秘裏に進められていた。そして、精製に成功したのである。重罪を犯した死刑囚や東部の異民族・イシュヴァール人捕虜の命を原材料として。

賢者の石を探し求めるなかで、エドは一度その深紅の輝きを手にしたことがある。マスタングが人造人間《ホムンクルス》からもぎ取ったものだ。

これさえあれば、あの日に失ったものを取り戻せる。長く過酷な旅は終わる。

けれど――。

決して使ってはいけないものだと、エドは思った。

許されるはずもない。自身の愚かさが招いた罪を、誰かの命であがなうなど。

賢者の石の真実は、兄弟にとって未来につながるものではなかった。しかし希望はある。

アルの肉体が、たしかに存在していることがわかったのだ。人体錬成に挑んだ者だけがたどり着く〈真理の扉〉で、エドはその眼でアルの身体を確認した。

死者は存在しない。ないものは造れないから、錬金術による死者の蘇生はそもそも不可能だ。だが、それは同時に〈存在するものは、錬成できる〉ことを意味している。

エドは絶望のなかから、淡く光る希望を拾い上げた。

道は、かならずどこかにある。

誰も犠牲にすることなく、ふたりでもとに戻る方法を探す。兄弟でそう決めた……のだが。

今は、目の前の査定をクリアしなくては。
発車のベルが鳴る。
弟を急き立てながら、エドは中央行きの列車に飛び乗った。

第一章「ヴィトー発、中央《セントラル》行き」

「ふう……間に合っ……うわっ!?」

ヴィトー発中央行き。ギリギリでどうにか列車に乗りこみ、安堵したのもつかの間。エドは靴裏にぐんにゃりとした感触を覚え、思わず足を引っこめた。見ると、若い男が床にぺしゃんこになっている。

賢者の石を探し、エドとアルはこれまでアメストリスのあちこちを回った。けれど行き倒れを拾うのは、これが初めてだ。

「気を失うほど、お腹が減ってたんだ……」

猛烈な勢いでアップルパイを頬張る青年を見て、アルが気の毒そうな、それでいて呆れたような声を出した。

「……オレのアップルパ……ああっ!」

青年が最後のひと切れを口に放りこむと、今度はエドが悲痛な声をあげた。中央に到着するまでの間、おやつに食べようと楽しみにしていた、とっておきのパイが跡形もない。

「いや～、生き返っタ！　異国で触れる人の情け、しみるねェ……」

ごっそさン！　と言って、青年はエドの手をガッチリと握った。その思いがけない力強さに、エドは少しだけうんざりする。

「俺はリン・ヤオ。シンから来タ」

「シン？　東の大国の？」

シンはアメストリス東部の国境から、さらに大砂漠地帯を越えたところに位置する。砂漠をはさんでいるため、往来はさほど盛んではない。リンも馬とラクダを乗り継ぎ、クセルクセス遺跡を経由して、やっとの思いで入国したという。

「そんな遠くから……。観光に来たの？」

「この国の錬金術について調べに来タ。シンでは錬丹術《れんたん》っていうんだけどネ」

「たしか、医学方面に特化した技術だったよな」

錬丹術にはエドも大いに興味があった。アメストリスが平和な国であれば、錬金術も医療に秀でた、大衆のための技術として発展しただろう。

もしや、知識の交換を通じて仲良くなれるのでは……と思った矢先。

ふいに、リンの眼が鋭さを帯びる。

「君たち、詳しいねえ……じゃあ賢者の石って知ってル？」

エドの顔がこわばる。

自然の摂理を無効化する――そんなムシのいい話に飛びつく者は、エドが知る限りたいていロクでもない。レト教の教主だったコーネロも、人形兵を造っていたハクロも。そして、そんなものに希望を見いだすしかなかった、自分自身も。

真実を知ったうえでなおも欲しているのなら、それこそロクなやつではない。

「すっごく欲しいんだけド、知らないかナ？」

「……さあ、知らねえな」

「ふーん……でも君たち、何か知ってる風だネ」

手に入れてどうすんだと問うエドに、リンはきっぱりと言い放った。

「不老不死の法を手に入れル！」

その声音に強い意志がこもっているのを感じ、エドはますます警戒を強める。

バカバカしいと吐き捨て、アルをともなって席を立つ。逃がすものかとばかりに、リンも立ち上がる。

「なんのつもりだ」

「家庭の事情ってやつでネ。どうしても必要なん――」

リンが〈家庭の事情〉とやらを口にしようとした、そのとき。壁に鉄のかたまりを打ちこむような音がとどろき、三人は一斉に後方を見た。銃声だ。

「全員動くな！」

男の野太い声に続き、武装した一団が粗野な足音を立てて車内に踏みこんでくる。

乗客の悲鳴も意に介さず、リーダーとおぼしき男がのっそりと姿を現す。左腕の機械鎧《オートメイル》に銃を搭載したその男は、耳障りな声でバルドだと名乗った。

「我々の標的はこの列車に乗っている国軍のクソ野郎だ！　大人しくしていれば他の者には危害を加えない！」

　エドは溜息をついた。アメストリスは軍部による独裁政権だから、あちこちで恨みを買っているのは事実だ。周辺国との緊張が増し、錬金術の軍事転用が本格化したのも、大総統キング・ブラッドレイの方針によるところが大きい。しかし無関係の市民を武器で脅し、力ずくで従わせようというのなら、そこに大義なんかあるものかと思う。

　クソ野郎がクソ野郎をクソ野郎と罵《ののし》っている、それだけだ。

「軍のクソ野郎って、誰かエライ人が乗ってるのかな？」

「さあ、軍はクソ野郎だらけだからなあ……。案外、大佐だったりして」

　ロイ・マスタングの取りすました顔を思い浮かべて、エドはニヤリと笑った。たしか、東方司令部から中央に栄転したばかりのはずだ。

　アルと小声で話しながら、エドはちらりとリンを見た。銃を向けられすくむでも、驚いたふうでもなく、ただ悠然と微笑んでいる。

「それ、俺に向けないほうがいいヨ」

　リンの言葉を合図に、どこからともなくふたつの影が躍り出る。

　仮面に黒装束のふたり組は銃を恐れる様子もなく、瞬く間に男たちを叩きのめした。

「お前ら、いったい……!?」

エドの問いには答えず、リンは同じ質問を重ねる。

「教えてくれないかナ。賢者の石について知ってることをサ、ぜんぶ」

「そんなこと言ってる場合かよ！」

リンと押し問答をしている暇はない。今は武装グループの手から列車を取り戻すことが先だ。しかし、黒装束のふたりがそうさせてくれそうにない。

「野郎！」

エドの拳を黒装束がふわりとかわす。重力を感じさせないその身のこなしは、アメストリスの体術にはないものだ。

「なろー！　軽業師みたいな妙な動きしやがる！」

アルの鋭い一撃が、黒装束の仮面を吹き飛ばすのが見えた。どうやら、ひとりは老人らしい。刃のような光をたたえた眼が、アルをにらみつけている。

ゆったりとしているようで素早い黒装束は、捕まえるのも一苦労だ。ようやく捕らえたと思っても、こちらの攻撃を柔らかく受け流しながら、機を見ては反撃を仕掛けてくる。

「くそっ！　フラフラクネクネ、やりにくい！」

やっとの思いで背後に回りこみ、首を締め上げたそのとき。黒装束が何か小さなものを投げつけてきた。

爆音とともに大気が四散し、車両が爆《は》ぜるように吹き飛ぶ。

「……ったく、正気かよ」

小型爆弾とは、ずいぶんと物騒なシン土産だ。

エドは大の字に転がり、ぽっかりとあいた天井から空を見上げた。屋根の上から、仮面がじっとこちらを見下ろしている。

「兄さん、大丈夫!?」

「ああ……もう手加減はなしだ！」

エドは体勢を立て直すと、アルの手を借りて威勢よく屋根に駆け上がる。

車体で適当に錬成した武器は巧みな体さばきによって奪われ、肘の関節を極められる。

折られる寸前、エドは屋根に転がって黒装束を投げ飛ばした。

素早く起き上がると、低空飛行するツバメのように相手の懐《ふところ》に飛びこむ。

鋭い肘打ちが、黒装束の腹にめりこんだ。

「いい加減、その面《つら》拝ませてもらおうか！」

エドの手が相手の顔をわし掴みにする。

錬成光に包まれ、砕ける仮面の下から、まだあどけなさの残る黒い瞳がのぞいた。

「女!?」

少女はひるむことなく、再び小型爆弾を炸裂させる。

「うわ！」

爆風のあおりを食らい、エドはひとたまりもなく列車から転がり落ちる。

その腕を、しっかりと掴む者があった。アルの手ではない。

「よう、エド」

大地のようにあたたかく響く、この声は。

「ヒューズ中佐！」

……なわけねえよなと、エドは思いなおす。

ヒューズは軍上層部の不審な動きにいち早く気づき、マスタングに第五研究所の場所を知らせたあと、人造人間《ホムンクルス》の手にかかって命を落とした。家族思いだった彼を想うとき、エドの胸には甘い家庭の匂いと、苦い悲しみが同時に去来する。

なつかしい笑顔が崩れ、端正な若い男のような顔に組み替えられていく。

第五研究所での戦いで、マスタングに焼き尽くされたと思っていたが。

「生きてたのか、エンヴィー……！」

エンヴィーは変身能力をもつ〈嫉妬《しっと》〉の人造人間だ。根っからの世話焼きだったヒューズの姿で助けに現れるとは、相変わらず悪趣味なまねをする。

「しっかりしろよ。お前は大事な人柱候補なんだから、簡単に死んでもらっちゃ困るんだよ」

エンヴィーがエドを投げ上げるようにして屋根に戻す。

なぜこんなところに人造人間がいるのか問い詰める間もなく、エンヴィーの背後からリンがひょいと顔を出した。

「こちらさん、変わった中身してるネ。中に何人いル？」

「お前……わかるのか!?」

驚きに目を見張るエンヴィーの顔つきは、しかしすぐに嫌な笑みに変わる。

「いやだなぁ……ケンカは嫌いなんだよね……」

リンを守らんと、黒衣の老人がすべるように身体を割りこませる。音もなく白刃が走り、エンヴィーの均整の取れた身体は見る間になます斬りになった。しかし致命傷にはなり得ないことを、エドはよく知っている。

「くっそが！　一回死んだぞ！」

悪態をついている間にも、傷がみるみる再生されていく。

唖然《あぜん》として言葉も出ないリンに、エドが言った。

「ムダだよ。こいつは人造人間ってやつで、殺しても死なねえんだ」

「つまり……不老不死！」

まあそんなもんだと答えると、リンの瞳に怪しい光が灯る。

「フー！　ランファン！　こいつを確保ダ！」

エンヴィーのことは、ひとまずリンと黒装束に任せておくことにした。

人柱とはなんなのか？　人造人間はどこから来たのか？　軍上層部とつるんで、いったい何を企んでいるのか？　問いただしたいことは山ほどある。しかし、今は。

「行くぞ、アル！」

まずは、武装集団を取り押さえなくては──。

※

「これでよし──っと」

エドは過激派グループ最後のひとりを縛り上げ、床に転がした。先ほどのシンの連中に比べれば、どうという相手でもない。

「もうすぐ中央の駅だ。着いたら軍に引き渡すからな。で、目的はなんだ？」

エドがたずねると、バルドは思いのほか素直に答えた。

「軍幹部を人質に、捕まっている仲間の解放を要求する……つもりだったが」

バルドがあざけるような笑みを浮かべるのと同時に爆音がとどろき、車体が大きく揺れる。

「今度はなんだ!?」

「作戦が失敗したときはブレーキを爆破して、あのクソ野郎を道連れに中央駅に突っこむという手はずだ」

「まずい、兄さん！　中央は終着駅だ！」

このままでは乗客だけでなく、駅の利用者まで巻き添えを食う。

「全員もろともドッカーン！」

悪党面に一発お見舞いしてやりたいのはやまやまだが、今は一刻を争う。嗤《わら》うバルドを横目でにらみつけてから、エドは先頭車両に急ぐ。

「アル、列車を止めるぞ」


半壊した列車の通路を、エドとアルは慎重に歩を進める。あと少しで先頭というところで、重い足音が聞こえた。振り向いたときにはすでに遅く、縛られたままのバルドがエドに強烈な体当たりを食らわせる。

「うぉ!?」

「兄さん！」

車両から押し出されたエドを、アルの手が必死に掴む。身動きのとれないアルを、バルドはエドもろとも蹴り出した。

「――っつ！」

線路に叩きつけられる。骨がきしむような衝撃をこらえ、エドはどうにか顔をあげた。

勝ち誇ったように笑うバルドを乗せ、列車は無情にも走り去っていく。

——思い通りになんて、させるかよ。

こんなときのための錬金術だと、エドは線路をまたぐようにして仁王立ちになり、両手を合わせる。

「兄さん！　急ブレーキだと脱線する！」

「ああ、脱線させなきゃいいんだよな」

エドが手をつくと、列車のあとを追いかけるように錬成光がレールを駆け抜ける。

鉄のレールが意思をもつかのように、駅の終端から大きく反り上がっていく。

列車は悲鳴のようなきしりを上げながらレールに沿って上へ上へと昇り、中央駅の屋根を突き破って停止した。

疲れと安堵で、エドは脱力した。

疲れを知らない身体のアルも、やれやれとばかりに大きく変形した線路を見上げる。

しばらくすると、後方の車両からゆったりと降り立つ軍服の人物が見えた。

——あれが〈軍のクソ野郎〉か。

顔を拝んでやろうと、エドとアルはホームへと向かった。

※

——敬礼！

兵士の号令とともに、大総統キング・ブラッドレイがホームに降り立つ。

はねっかえりの〈鋼の大将〉も、つられて敬礼している。緊張した面持ちが妙に微笑ましくて、ジャン・ハボックは心のなかで噴き出した。

「お迎えにあがりました、大総統閣下。ご無事で何よりです」

「うむ、ご苦労」

マスタングを短くねぎらうと、ブラッドレイはエルリック兄弟の前で足を止め、軍事国家のトップらしからぬ気さくさで声をかけた。

「楽しませてもらったよ、エドワード・エルリック君。いや、鋼の錬金術師君」

にこやかに去っていくブラッドレイを、兄弟が唖然として見送る。

どうやら、大総統が同じ列車に乗っていたことを知らなかったらしい。目玉が飛び出さんばかりに驚くエドの顔が面白くて、ハボックはまた心のなかで笑った。

頭は抜群にいいだろうに、変なところでわかりやすい。

「やあ、鋼の」

「お手柄だったわね」

マスタングを見るなり露骨にイヤな顔をしたエドに、ホークアイが小さく声をかける。

過激派グループはひとり残らず軍に拘束され、兵士に小突かれながら護送車に押しこまれていく。連行されていくその一団のなかから突如、グォォと獣じみた唸り声があがった。ハボックが知る限り、こういった手合いは往生際の悪いやつが多い。

バルドが兵士の拘束を振り切り、左腕の銃をマスタングに向ける。

大総統が無理なら、せめて上級士官だけでもと考えたのか。だが、マスタングの周囲は誰ひとり動じない。エルリック兄弟もホークアイも、むろんハボック自身も。

マスタングが指を鳴らすと同時に、バルドの身体を激しい炎が取り巻く。

火炎は一瞬ののちにおさまり、過激派のボスはあえなく床に崩れ落ちた。

良かったな、皮一枚を焦がす程度で済んでと、ハボックは思う。

「ド畜生め！　てめえ何者だ!?」

――ロイ・マスタング。

上官が涼やかに名乗る。

「地位は大佐だ。そしてもうひとつ、〈焔《ほのお》の錬金術師〉だ。覚えておきたまえ」

目の前で何が起きたのか。常識と理解を超えた出来事に、兵士らが凍りついている。

無理もない。ハボックも軍に入って初めて焔の錬金術を目の当たりにしたときは、それはたまげたものだ。

「大佐のあれを見るの、初めてか？」

「……ハボック少尉は何度も見ているのですか？」

「ああ。大佐の手袋は発火布っつー特殊なのでできててよ。強く摩擦《まさつ》すると火花を発する。あとは空気中の酸素濃度を可燃物のまわりで調整してやれば――ボン！」

兵士はひぃと情けない声をあげた。

ただ――マスタングの本当の凄まじさは、そこではない。

マスタングはどれだけ焼けば人が死に至るのか、あるいはどの程度の火傷になるのかを熟知している。熟知したうえで、火力を完璧に制御している。だからバルドは、皮一枚が焦げる程度で済んだのだ。

〈イシュヴァールの英雄〉とうたわれる上官が、かの地で何をしたのか。

腹心である以上はハボックも承知しているし、承知したうえでついていくと決めた。

東部出身のハボックにとって、イシュヴァールでの内乱は身近なものだった。敵味方問わず血が流される現実をなんとかしたいと思い、国軍に志願した。

志願したはいいが、頭の働きのほうはイマイチだから、具体策など何もない。そんなハボックに道筋を示したのがマスタングだった。

「信じられんな……」

「人間じゃねえよ」

喧騒《けんそう》に交じって、兵士たちの話し声が聞こえる。恐れと敬意の入り混じった眼で、遠巻きにマスタングとエドを見つめている。

――人間じゃない、か。

ハボックの脳裏にふと、マスタングとヒューズのやり取りが浮かぶ。

ヒューズは国家錬金術師である親友を〈デタラメ人間〉と呼ぶことはあっても、決して化け物扱いすることはなかった。

ふたりは士官学校時代の同期で、ともにイシュヴァール帰りだと聞く。当然、マスタングの秘めた野心のことも知っていただろう。親友が誓いを果たす日を、その眼で見届けたかったに違いない。

マスタングは冷徹なようでいて甘いところがあるから、亡きヒューズのぶんまで支えていきたいと、ハボックはそう思っている。それがマスタング隊にできる、せめてもの手向けではないか。口にしないまでも、ほかの仲間も同じ想いでいるだろう。

ただ――。

上官の無茶ぶりのおかげで、このところのハボックは失恋続きだ。

せっかく恋人ができたとしても、たいてい忙しさにかまけて別れるハメになる。自分がモテるからといって人の恋愛事情をダシに面白がるのは勘弁してほしいし、次にフラれたら労災申請してやろうと考えている——本気で。

元カノにもらったライターで煙草《たばこ》に火をつけ、溜息とともに吐き出す。

「あーあ。カノジョできねえかなあ」

——できれば、ボインの。

第二章「破壊の右腕」

「国家錬金術師の連続殺人？」

中央《セントラル》に到着するまでの間、エルリック兄弟はシンから来た得体の知れない三人組とやり合い、人造人間《ホムンクルス》に遭遇し、過激派グループをやっつけ、暴走列車を止めて、査定受付に大遅刻するも大総統のはからいで受理され――。

ようやくひと息ついたところで、新たな火種の気配である。

マスタングの執務室に招かれた兄弟は、〈連続殺人〉などという物騒極まりない単語に、思わず顔を見合わせた。

デスクに広げられた被害者についての資料を見るなり、エドは顔をしかめる。

ジョリオ・コマンチ――〈銀《しろがね》の錬金術師〉とは面識はない。古参の国家錬金術師として、エドも名前は聞いたことがある。

〈鉄血の錬金術師〉ことバスク・グラン准将の名もあった。

国家資格を取得したばかりのころ、エドも会ったことがある。酒飲みの、少しばかり困ったオッサンという印象だったが、マスタングによれば軍隊格闘の達人であったらしい。わずかでも縁のあった人がこんな形で命を落としたのかと思うと、やりきれない気持ちになる。

「この中央で五人。国内だと十人は殺されている。しかも凄腕の錬金術師ばかりだ」

「犯人はいったいどんなやつなんだ？」

エドの問いに、ホークアイが厳しい顔つきで答えた。

「武器も目的も不明にして神出鬼没。額に大きな傷があるということくらいしか、情報がないの」

「だから我々は〈傷の男《スカー》〉と呼んでいる」

「……スカーねぇ」

国家錬金術師が快く思われていないことは、エドもよく知っている。錬金術は、その成果を広く人々のために役立てるのが本来のありかただ。しかし、数々の特権と引き換えに軍事政権に奉仕する国家錬金術師は、〈軍の狗《いぬ》〉と後ろ指をさされることも多い。

一度、アルが国家資格を取ろうかと口にしたことがあったが、エドは静かに、けれど強く反対した。有事の際には、人間兵器として戦地に送られる可能性もある。大総統から〈鋼〉の銘《めい》を授けられたとき、エドは自分が犯した罪に相応しい重苦しさだと思ったが、しかし弟にまでそんなものを背負わせたくはない。

考えに沈むエドに、マスタングが突きつけるように言う。

「しばらくの間、ブレダ少尉とファルマン准尉を護衛につけるから、大人しくしておくことだな」

「責任をもってお守りいたします！」

わざとらしい敬礼のあと、ブレダとファルマンがにやりと笑う。

ふたりの顔を交互に見て、エドはげんなりとした。

※

大通りをぶらつきながら、アルはさり気なく背後をうかがう。

兄が素早く路地裏に身を隠すと、自分もあとに続いた。

なるべく音を立てないよう小走りで移動し、大きな鎧の身体をかがめる。

「まいたか？」

「いや、まだ追ってくる」

「ったく。子供じゃあるまいし、護衛なんてうっとうしいだけだ」

ブレダとファルマンはプロの軍人だ。振り切るのはそう簡単ではない。

――傷の男……スカーか。

トップクラスの錬金術師が、すでに十人も殺されている。

きっとものすごく強くて、危険なやつなんだろうとアルは思う。だが兄と一緒にもとに戻ると決めた以上、相手が誰だろうと立ち止まるわけにはいかない。

護衛をつけてくれたマスタングの気持ちは、とてもありがたい。沸点が低く、何かと無茶をしがちな兄を心配してくれたのだろう。けれどヒューズを失ったときと同じ思いは、二度としたくはなかった。〈うっとうしい〉というエドのボヤきも、半分は本音だろう。でもあとの半分は、護衛にあたる人の身を案じてのことだろうと、アルはそう考えている。

壁を乗り越えて、隣の路地に移る。着地と同時にエドがうわっ！　と声をあげた。

「どうしたの、兄さん？」

足元を見ると、またしても――。

行き倒れである。しかも、今度は女の子だ。見たこともない白黒模様の猫と同じ体勢で、道端にのびている。

「この服装、またシンの人かな？」

列車のなかで出会った青年、リン・ヤオの仲間だろうか。

「アル！」

白黒猫ともども助け起こそうとする弟を、兄が制止する。メッ！　と、小さな子供を叱るように、エドがふるふると首を横に振った。

アルは、自分に拾いグセがあることを自覚している。幼いころから、よく捨て猫を拾ってはエドに叱られた。でも――。

「でも、放ってはおけないよ」

大きなパンのかたまりはあっという間に消え、スープ皿は空になり、チキンはあれよあれよという間に骨になった。

ちんまりとした印象の少女と白黒猫が、仲良く並んで食事を掻きこんでいる。

腹を空かせて行き倒れていたひとりと一匹を、兄弟は近くの食堂へと運んだ。

「私はメイ・チャン。こっちはシャオメイ。シンから来ましタ」

「だと思ったよ……」

兄が呆れたような声で言う。

「アメストリスに来たのって、観光じゃないよね？」

「はイ。不老不死の法を探しに来ましタ」

念のためアルが目的をたずねると、予想通りの答えが返ってきた。

「……それ、シンで流行ってるのか？」

先ほどの倍は呆れた声で、兄が言う。リンは家庭の事情がどうのと言っていたが、はるばるアメストリスを訪れるからには、何か深いわけがあるのだろう。

「目的を果たす前に餓《う》えて死ぬところでしタ。本当にありがとうございまス」

メイはアルに向かって深々と頭を下げた。

「ま、人として当たり前のことをしただけさ」

紅茶をすすりながらドヤ顔をするエドを、メイがキッとにらみつける。

「あなた、私を踏みつけたばかりか、見捨てようとしタ」

「……あ?」

「私はアルフォンス様に助けていただいたんでス。そちらのチビには、何もしてもらっていませン」

——ああ、その言葉は。

「……チ、ビ?」

「はイ、豆粒どチビー!」

——兄さんが一番気にしてる……禁句だ。

「ごらあああ!　誰がミジンコどチビだあああ!」

頭に血の上ったエドが、イスを蹴り飛ばす勢いで立ち上がる。メイはつむじ風のように身をひるがえすと、店を飛び出して通りへと逃げ出した。

——ミジンコじゃないよ、豆粒だよ兄さん。

訂正しようかとも思ったが、アルはあえて口にせず、ふたりのあとを追いかけた。

※

「待ちやがれ豆女!」

エドは息を切らして必死に追いかけるが、メイは小動物のようにちょこまかとしていて、一向に捕まりそうにない。エド自身それなりに身軽なほうだと自負しているが、黒装束のふたりと同じく、シンの人々の身のこなしには舌を巻く。

「誰が待つものですカ！　飯粒男！」

エドをけん制しながら、メイは通りすがりの男の後ろに回りこむ。体格のいい男のかげに、小柄なメイがすっぽりと隠れた。

「お助けくださイ！　変な男に追われていまス！」

男がサングラス越しにこちらをにらみつけた気がして、エドは一瞬ひるんだ。

何となくバツが悪くて、思わず足を止める。浅黒い肌にフード姿の、精悍《せいかん》な印象の男だ。

「ありがとうございましタ。助かりましタ」

フードの男に、メイが礼儀正しく頭を下げるのが見えた。

「アルフォンス様も、ありがとうございましタ」

食堂の方角に向かって、もう一度お辞儀をする。

シャオメイを連れ、メイは小さな足音をたてて立ち去っていった。その後ろ姿を眺めながら、覚えてろよなどと考えた、そのとき。

「エドワードさん！　エドワード・エルリックさん！」

メイと入れ違うように、ひとりの兵士がこちらに駆けてくる。困りますよと言って、兵士は眉を下げた。

「私たちは大佐から、エドワードさんの護衛を仰せつかってるんですから」

エドはハイハイと適当に返事をした。自分の身くらい自分で守る。危険なやつが街をうろついているのなら、なおさらだ。目的のためなら無関係の者を平気で巻きこむ、バルドのようなやつにはなりたくない——と思った刹那《せつな》。

背後から押しつぶされるような気配を感じ、思わず振り向く。

先ほどの男が異様な殺気を放ちながらエドを見下ろしている。

「エドワード・エルリック……〈鋼の錬金術師〉！」

男がフードを取り去る。

額に傷の——。

「よせ！」

とっさに銃を抜いた兵士を、エドが制止する。

そんなものが通用する相手ではないと、直感が叫ぶ。

スカーが右手で兵士の頭を捕まえると、兵士は苦痛の声をあげる間もなく路面に崩れ落ちた。

まるで、内部から破壊されたような——。

戦慄《せんりつ》が脊髄《せきずい》を駆け上がる。

死ぬかと思うような、そんな目には幾度となく遭ってきた。〈真理の扉〉を開けたときも、人ならざる存在と拳を交えたときも。

しかしスカーが放つ気配は、そのどれとも違う。

剥き出しの憎悪が迫ってくるような、これは。

「兄さん！」

「逃げろアル！　こいつはやばい！」

駆けつけた弟に、エドが鋭く警告を発する。

「逃がさん！」

ぽつぽつと降り出した雨が、石で舗装《ほそう》された路面にまだら模様を落としていく。

「兄さん、こっち！」

アルの誘導で、エドは大通りから狭い路地裏へと逃げこんだ。アルが両手を合わせると、道をふさぐように大きな壁が立ち上がる。

「これなら追って来れないだろう」

「おお！」

ナイスだ弟よと思ったのもつかの間、爆発音にも似た音がして壁に大穴が穿《うが》たれる。その向こうに、仁王立ちのスカーが見えた。

「やべぇえ――！」

スカーの右手が軽く触れるだけで、建物の壁がひび割れる。亀裂は猟犬のように逃げる兄弟を追いかけ、エドたちを追い越すと大きく爆《は》ぜて瓦礫《がれき》の山を築いた。

「冗談だろ……」

逃げ道を断たれ、エドとアルは呆然と立ち尽くす。そうしている間にも怒気をたぎらせながら、しかし冷静な足取りで、殺人者が迫り来る――。

「あんた何者だ？　なぜ国家錬金術師ばかり狙う？」

「貴様ら〈創る者〉がいれば、〈壊す者〉もいるということだ。我は神の代行者として裁きを下す者なり」

「やるしかねぇ……ってか」

パイプから剣を錬成するエドの隣で、アルも構えを取る。

「いい度胸だ」

息を合わせ、アルとふたり一斉に飛びかかる。スカーはエドの剣撃を難なくかわすと、すれ違いざまアルの右半身を大きく抉った。

「アル！」

弟の鎧姿が大きく傾ぎ、力なく地面に落ちる。

スカーのつぶやきを耳にしたとたん、エドはカッと頭に血が上るのを感じた。

「……空洞……？」

「野郎おおおお！」

恐怖は怒りに塗り替えられエドを突き動かすが、しかしその刃はスカーには届かない。

武器を持った右手を掴まれたとたんバチンと激しい衝撃を感じ、水たまりに弾き飛ばされる。

「……っ、くそっ！」

破れた服から、機械鎧《オートメイル》がのぞく。

「機械鎧……なるほど、人体破壊では壊せぬはずだ」

「兄さん！　逃げて！」

「バカ野郎！　お前を置いて逃げられっか！」

エドは両手を合わせ、自らの機械鎧を刃のついた武器に作り替える。

「らあああああ！」

エドの動きを予測していたかのように、スカーは薄皮一枚でその拳をかわし、機械鎧の右腕を捕らえる。肘と肩を極められ、エドは身動きが取れない。

「まずはこのうっとうしい右手を破壊させてもらう」

「兄さん！」

　アルが叫ぶのとほぼ同時に耳慣れない破裂音が響き、鋼の義肢が粉々に砕け散った。細かい部品が地面に散らばり、瓦礫のかげにころころと転がっていくのが、いやにはっきり見えた。

　雨はいつの間にか本降りとなり、うずくまるエドの背中を打つ。

「神に祈る間をやろう……」

　錬金術師は科学者だ。あいまいなものは信じない。だからエドには祈りたい神などない。

　稲光が鉛色の空を裂く。

　世界が白むようなその光に、エドは全身の力が抜けていくのを感じた。本能が逃げろと悲鳴をあげているのに、足腰に力がこもらない。

　手を合わせて錬成をおこなうエドにとって、両腕こそが戦うすべであり、生命線であり、ゆえに最大の弱点でもある。ならば、せめて。

「あんたが狙ってるのは、オレだけか？」

　エドは顔をあげることなく言う。

「今、用があるのは鋼の錬金術師、貴様だけだ」

「そうか……じゃあ約束しろ。弟には手を出さないと」

　約束は守ろうと答えて、スカーが破壊の右手をのばす。身じろぎひとつしないエドに向かって、必死に叫ぶアルの声が雨音に交じって聞こえる。

「何言ってんだよ、兄さん！　何してる！　逃げろよ！」

這《は》いずるような恰好のアルの姿が、激しい雨の向こうにかすむ。ずいぶんとボロボロだ。

腕がないからもう直してやれねえなと、そんなことをぼんやりと思う。

「立って逃げるんだよ！　やめろ、やめてくれ！」


――やめろおおおお!!


魂を削るような、アルの絶叫がこだまする。

その叫びに応えるかのように銃声がとどろき、エドは我に返った。

※

「そこまでだ」

マスタングの威嚇《いかく》発砲で、三人が一斉にこちらを見た。

ホークアイは素早く眼を走らせ、現場の状況を把握する。遮蔽《しゃへい》物や逃走経路の有無、エルリック兄弟の位置、ケガの程度。そして、スカーまでの距離。

「一連の国家錬金術師殺害の容疑で逮捕する」

通告するマスタングの前に立ち、ホークアイは銃を構えスカーをけん制する。サングラスのせいで、視線の動きが読めない。

「邪魔をするというのならば、貴様も排除する」

「面白い」

上官はホークアイに拳銃を投げ渡すと、手を出すなと言って手袋をはめた。

「白手袋に朱の錬成陣……焔《ほのお》の錬金術師か？」

「いかにも」

マスタングが一歩踏み出すと、スカーは怨嗟《えんさ》と歓喜がない交ぜになったような声で叫んだ。

「神の道に背きし者が、次々に裁きを受けにみずから出向いてくるとは！　今日はなんと佳《よ》き日よ！」

神の道……と、スカーはたしかにそう言った。

信仰にもとづく思想信条が理由で、錬金術そのものを憎んでいるのか。ならばなぜ、国家錬金術師ばかりを狙うのか。国内に錬金術師はあまたいるし、有資格者に匹敵する腕利きの術師も少なくないというのに。

スカーの動機については、ホークアイも仲間とよく話をしたが――。

「私を焔の錬金術師と知ってなお戦いを挑むか！」

愚か者め！　と、マスタングがさらに一歩踏み出す。

その指が今まさに火炎を放たんとしたとき。

ホークアイは素早く身をかがめ、上官の足を払い飛ばす。マスタングはおうっ!?　と妙な声をあげ、その場に尻もちをついた。

攻撃が空振りに終わったスカーに向け、ホークアイはすかさず銃を抜く。二丁拳銃から放たれる銃弾の雨を、スカーは体格に似合わぬ身軽さでかわした。

「何をするんだ君は！」

地面に這いつくばったままの体勢で、マスタングが抗議の声をあげる。

「雨の日は無能なんですから、下がってください！」

無能……そのひと言がよほどこたえたのか、マスタングはしょんぼりと大人しくなった。

ひとまずこれでよしと、ホークアイは思う。そもそも、手袋が湿っていては火花は出ない。あのエルリック兄弟がここまでやられる以上、スカーがひとすじ縄でいく相手でないことは明らかだ。まして、湿気たマッチも同然の状況では。

クールなようでいて熱くなりやすいところのある上官を、多少強引にでもいさめる。それも副官の仕事だと、ホークアイはそう心得ている。

「炎が出せないとは好都合。我が使命を邪魔する者はすべて滅ぼす！」

額に青筋を走らせ、スカーはますます猛《たけ》り狂う。その背後から、大きな人影がのしかかるのが見えた。

「やってみるがよい！」

言うより早く、アームストロングの鉄拳がスカーの頭をかすめ、後ろの壁を打ち抜く。

「ふぅーむ。吾輩の一撃をかわすとは、やりおる」

スカーとは別種の圧を発散しながら、アームストロングは壁から手を引き抜いた。

アームストロングは、マスタングが用意したいわば〈隠し玉〉だ。スカー確保のためには人員を集め、包囲が完了するまでの間、時間をかせぐ必要がある。それができるのは、やはり国家錬金術師以外にない。

「国家に仇《あだ》なす不届き者よ。すべて滅ぼすと言ったな。ならばまず、この〈豪腕《ごうわん》の錬金術師〉、アレックス・ルイ・アームストロングを倒してみせよ！」

名門出身らしい堂々たる態度で名乗りをあげると、アームストロングはやにわに軍服を脱ぎ、鍛え上げた上半身を誇らしげに披露する。全身に力を入れてポーズを決めると、自慢の大胸筋や上腕筋がもりっと膨らんだ。

ホークアイは憤怒《ふんど》一色だったスカーの表情に、これまでとは違う感情が浮かんでいるのを見て取る。

たぶん――困惑しているのだろう。

「見せてやろう！　我がアームストロング家に代々伝わりし芸術的錬金法を！」

大きな瓦礫を投げ上げると、拳で巨大な矢じりを錬成し、そのまま大砲のように撃ち出す。

それがかわされると、アームストロングは間髪を容れず路面を叩いた。地面から無数の突起が立ち上がり、大波のように連なりながらスカーに襲いかかる。

破壊と創造を同時におこなうようなダイナミックな錬成スタイルに、ホークアイは呆気にとられた。

〈豪腕〉の銘にふさわしい——なんてムチャな錬金術だろう。これを編み出したアームストロング家の先祖は、さらにムチャな人だったに違いない。

横目で上官の様子をうかがうと、いつの間にか立ち直ったマスタングが、半ば呆れたような顔つきでその戦いぶりを見守っていた。

アームストロングは、巨体からは想像もつかない華麗なフットワークを見せた。質量の大きな錬成を次々と繰り出しながらの巧みな間合い取りに、スカーはじりじりと後退していく。

一瞬の隙を突き、スカーの右手がアームストロングの脇腹に狙いをさだめる。

その瞬間を、鷹の眼は見逃さない。

ライフルが火を吹き、銃弾がスカーの顔面をかすめた。

サングラスが弾き飛ばされ、素顔があらわになる。

――褐色の肌に、赤い眼の。

「イシュヴァールの民か……！」

マスタングが絞り出すように言った。

血潮のような色の眼が、烈《はげ》しさをたたえてこちらをにらみつけている。

「……やはりこの人数では分が悪い」

国家錬金術師ふたりに加え、兵士らによる包囲も完了しつつある。

スカーが地面に触れると石畳が大きく崩れ、地面に巨大な穴が穿たれた。ガラガラと落ちていく大量の瓦礫とともに、スカーはためらうことなく暗闇へと身を投じる。

「あ……野郎、地下水道に！」

駆け寄る兵士たちを、マスタングが追うなと制止した。

「お前たちの手に負える相手ではない」


ホークアイはふと、初めて軍服に袖を通した日のことを思い出した。

イシュヴァールのような思いをするのは我々だけでいいと、その一心で軍人を志した。

新しい世代に幸福な国を渡すため、手を汚し血を流す覚悟などとうにできている。

そして、その日は遠からず来るのだろう。

スカーが開けた大穴の、その奥底にわだかまる闇を見つめながら、そう予感した。

※

アルフォンス・エルリックは動けなかった。

魂をつなぎ止めている血印は、幸いにも無傷だ。しかし右足と右脇腹を大きく破損しているため、立ち上がるどころか壁に上体を預けるのがやっと。右腕もかろうじて肩にくっついているような有様だ。

本当は今すぐにでも走って行って、あのバカ兄を殴ってやりたいというのに。

「アルフォンス!!」

兄が大声でこちらに駆け寄ってくる。

「アル！　大丈夫かおい!?」

——この。

「バカ兄!!」

取りすがるエドの頬を、力いっぱい殴りつける。

ゴン、と空の鎧に音が反響した。

アルは怒っていた。いつもは先に兄が沸騰《ふっとう》するから、アルは怒るタイミングを逃してきた。誰かが先に怒ると、あとの者は冷静にならざるを得ない。

しかし今日ばかりは――。

「なんでボクが逃げろって言ったときに逃げなかったんだよ！」

「だからアルを置いて逃げるわけには……」

「それがバカだって言うんだ！」

アルが長い旅のなかで学んだこと。それは、たとえひとりではどうにもならないことでも、人がそれぞれにもつ可能性を出し合うことで、道は拓《ひら》けるということだ。

――それなのに。

「生きのびる可能性があるのに、あえて死ぬほうを選ぶなんて、バカのすることだ！」

「兄貴に向かってあんまりバカバカ言うな！」

「何度でも言ってやるさ！」

傷だらけの右腕でエドの胸倉に掴みかかる。

恐かった。本当に恐かった。この世でただひとりの兄を失うかもしれないことが。

その圧倒的な現実を、何もできずただ見ているしかないことが。

鎧の身体は痛みを感じなくとも、心は生身と同じなのだ。

「生きて生きて生きのびて、ボクたちは一緒に元の身体に戻るんだろ！　それなのに勝手にひとりで死ぬほうを選ぶなんて、そんなマネは絶対に許さない！」

大きな音を立て、アルの右腕がぽろりともげる。それを見たエドが、ようやく安堵したように微笑んだ。勝ち気な兄らしくない、弱々しい笑みだ。

「はは……ボロボロだな、オレたち」

「……でも、生きてる」

「うん、生きてる」

互いがそこにいることをたしかめ合うように、生きている……と繰り返す。

雨はまだ、やむ気配はない。

第三章「思惑」

エドワード・エルリックには心当たりがなかった。

国家錬金術師が〈軍の狗《いぬ》〉と陰口を叩かれるのは、当然だろうと思う。莫大な国費を使って研究をおこないながら、その成果は軍に吸い上げられ、国民にはほとんど還元されない。〈錬金術師よ、大衆のためにあれ〉の理念とは相反する存在、それが国家錬金術師だ。

しかしエド個人として人から恨みを買うようなことは――それなりにしでかしている自覚はあるが、命まで狙われる筋合いはないし、イシュヴァールともこれといった接点はない。

だがそれ以上に、初対面の相手にあれほどの憎悪を向けられるものだろうか。

スカーが去ったあと、兄弟はマスタングの執務室に運びこまれ手当てを受けた。アルの右半身も、マスタングの部下たちがこれ以上破損しないようにと布で覆《おお》ってくれた。

ソファにどっかりと腰をおろし、エドは黙ってマスタングの話に耳を傾ける。

タオルでよく拭いたはずなのに、身体からはまだ雨の匂いが漂ってくる。

「イシュヴァールの民は、地神イシュヴァラを絶対唯一の創造神とする東部の一部族だった……」

マスタングが静かに語り出す。

エドもまた東部の出身で、生まれ育ったリゼンブール村もそれなりに内乱の影響を受けた。牧羊以外、これといった特産もない小さな村だが、軍服用羊毛の産地として駅前が焼き討ちにあったと聞いたことがある。当時エドはほんの子供だったから、ほとんど記憶にない。

「宗教的価値観の違いから国側とはしばしば衝突を繰り返していたが、十三年前、軍将校が誤ってイシュヴァールの子供を射殺してしまった事件を機に、大規模な内乱へと発展した。七年にも及ぶ攻防の末、軍上層部から下された作戦は——国家錬金術師を投入してのイシュヴァール殲滅《せんめつ》戦」

マスタングは一呼吸置き、つまり皆殺しだと言った。

「多くの国家錬金術師が人間兵器として駆り出されたよ」

暴動が暴動を呼び事態が泥沼化していったことは、エドにも容易に想像はつく。そして国家錬金術師の投入が、戦場での実用性を試す〈実験〉だったことも。

「私もそのひとりだ。だから、イシュヴァールの生き残りであるあの男の復讐には、正当性がある」

エドが国家錬金術師となったのは内乱が終結したあとのことで、紛争とはまったくの無関係だ。つまり、肩書のみで恨みの矛先を向けられたことになる。

スカーは神の代行者をかたっていたが、無関係の他人を傷つけて正義ぶるなら、あの過激派のバルドと──ずいぶんと格は落ちるが──同じではないかと、怒りがこみあげる。

「……くだらねぇ。関係のない人間を巻きこむ復讐に、正当性もクソもあるかよ。今度会ったら絶対にぶっ潰す！」

エドはぐっと左の拳を握る。

スカーの破壊の右手を前に、一度は生きることをあきらめた。弟を助けるためと言いながら、ひとり遺《のこ》されるアルの気持ちを考えなかった。

二度と弟を悲しませないように、より強くならなくてはと思う。心も、身体も。

「……でも、今はまずその腕の修理が先ですな」

アームストロングがエドの右肩を見て、気遣わし気に言った。

「たしかにこれじゃあねぇ……」

「戦おうにも錬成できませんね……」

ブレダとフュリーも続く。

「無理でしょう？」

ファルマンが胸の前で両手を合わせ、錬成のポーズをしてみせた。

「錬金術の使えない錬金術師なんて……」

ハボックが煙草《たばこ》をふかしながらつぶやくと、

「無能だな」

と、マスタングがとどめを刺す。

あぁ!?　と噛みつくエドを、ホークアイが穏やかに取りなした。

「まあまあ、アルフォンス君も早く元の姿にね」

「……そうだよな。一刻も早くオレの腕を修理して、錬成でアルを直してやらなきゃな。

ちょっくらうちの整備師のところに行ってくるかぁ」

ウィンリィの笑顔を思い描き、さんざんに打ちのめされた心が少しばかり浮き立つ。

「なんだかちょっと嬉しそうに見えるけど？」

「う、嬉しいとか……そんなことではなくて……」

ホークアイの笑みを直視できず、エドは思わず目をそらした。

※

ロイ・マスタングは疲れぎみだった。

眠気を追い払おうと、手洗いでざぶざぶと顔を洗う。

やるべきことは、スカー追跡や日々の雑務だけではない。

ヒューズが遺した最期の言葉『軍がやばい』は、いったい何を意味するのか。

コーネロやタッカーを利用し、〈不死の軍団〉を造ろうとしたハクロ将軍の事件は、おそらくは氷山の一角に過ぎない。

東方司令部の高官が人造人間《ホムンクルス》と手を組み、非人道的な実験をおこなっていた——だけでは済まない、背後にはさらに大きな闇がうごめいていると、マスタングはそう考えている。

そもそも人造人間が存在するのなら、それを造った者がかならずいるはずなのだ。

ハクロの一件については、大総統から緘口令《かんこう》が敷かれている。

誰が敵か味方かわからないこの状況で、何人たりとも軽々しく信用するな——とも。エルリック兄弟と、はからずも事件に巻きこまれてしまったウィンリィにも、同様の指示がいっているだろう。

大総統の命令は醜聞《しゅうぶん》隠しなどではない。ときが来るまでうかつに動くな、という意味だ。

しかし、釘を刺されて大人しく引き下がるたちでもないし、何よりこのまま闇に葬り去られては、命がけで警告を発したヒューズに合わせる顔がない。

——かならず尻尾を掴んでやる。

鏡に映る自身の顔を見る。

疲労のせいだろうか。いささか人相が悪くなったなと感じる。

そのとき、背後でバンと個室のドアが開く音がした。アームストロングが窮屈《きゅうくつ》そうに出てくるのが、鏡ごしに見える。

大きな身体をのしのしと揺らして隣に立つと、アームストロングは蛇口をひねった。

「エドワード・エルリックは国家錬金術師の査定をパスしました」

「まだまだ軍の狗をやる気だな。元の身体に戻るのが先か、人間兵器として戦場に駆り出されるのが先か――」

マスタングがひそかに気にかけている、もうひとつの懸案事項。それがエドだ。

「あのような……」

アームストロングの両手が震えている。

「あのような戦場に、再び若者を放りこむというのですか……！」

彼の胸に今どんな光景が浮かんでいるのか、マスタングには手に取るようにわかる。

大人も子供も関係なくすべてのイシュヴァール人が標的となり、アメストリス兵にもまた相応の犠牲者が出た。戦場に立つ誰もかれもが感情の灯の消えた眼で殺し合い、どこもかしこも血と炎で真っ赤に染まった。

たとえあの世でも、あれ以上の地獄にはそうお目にかかれないだろう。

イシュヴァールでの戦いで心を病み、資格を返上した術師はひとりやふたりではない。

国家資格を取得したばかりのエドに、亡きグラン准将がそう覚悟を問うたことがある。

しかし鋼の錬金術師はそのリスクを承知のうえで、この世界に飛びこんで来た。ならば理不尽を無理矢理にでも呑みこんで、前に進むしかない。

マスタングがそう言うと、アームストロングは険しい顔つきで建前ですなと返した。

アームストロングは、ヒューズとはまったく違うタイプの男だ。ただし、世話好きで底抜けに心優しいというこの一点においては同種だと、マスタングはそう思う。

「イシュヴァールの内乱を経て、この国は変わらなければならぬところへ来ているのではないでしょうか。そして――」

アームストロングはふちに刺繍の入ったハンカチで、ていねいに手を拭いながら言う。

「それが実現できるのは、戦場の痛みを知り、かつ冷静に上を目指せる人物です」


――〈上〉か。

マスタングの脳裏に、ひとりの男の姿が浮かぶ。

終戦の日、はるか高みから兵士らを睥睨《へいげい》していた。

大総統――キング・ブラッドレイ。

※

ブラッドレイ夫人には、夫の仕事のことはわからない。

彼が独裁者と呼ばれていることは知っている。事実そうなのだろう。

しかし結婚して数十年、夫人は幸せだった。キング・ブラッドレイは職務をはなれたところでは良き夫であり、良き父親なのだ。

ブラッドレイと知り合ったのは、二十代半ばのころだ。良くいえば真面目、悪くいえば唐変木《とうへんぼく》で、有能だが女心などまるで解さず、素で失礼なことを言う。そんな青年だった。

何を言われたのかは覚えていないが、出会って間もないころ、夫人が彼の頬を張ったことがあった。しかしそれが交際のきっかけになり結婚にまで至ったのだから、人生は何がどうなるかわからない。

ふたりともまだ若かったと、夫人は思う。

変わらないのはブラッドレイの仕事ぶりだ。このまましばらくは現役でバリバリと務めをこなすのだろうが、もういい歳なのだから、ゆっくり身体を休めてほしいとも思う。

「おかえりなさい、お父さん！」

出張から帰宅した夫に、ひとり息子のセリムが駆け寄る。

「ただいま、セリム」

「南部の視察はどうでしたか」

「うん。実に充実した視察だった。そうだ、帰りの列車で鋼の錬金術師君に会ったぞ」

「小さい錬金術師の!?　いいなぁ、僕も錬金術を習いたい！」

セリムはエドワード・エルリックという国家錬金術師にあこがれている。史上最年少で国家資格を得た天才だとかで、口癖のように彼のような錬金術師になりたいと言っている。

「習ってどうするの？」

　とたずねると、

「国家資格を取って、お父さんの役に立ちたいです」

　と満面の笑みで答えた。

「ははは、セリムには無理だ」

　夫は穏やかに微笑んで、息子の頭をなでる。

　息子は自分たち夫婦の宝だ。

　セリムは実子ではない。ブラッドレイとの間に子供ができなかったため、遠縁の子を養子にもらった。素直で親思いの、心優しい子だ。生きていくのに十分な教育はほどこすつもりだが、噂に聞く鋼の錬金術師のように特別優秀でなくてもいい。国家資格を取ろうが取るまいが、すこやかに笑っていてくれれば、それ以上望むものはない。

　自分たち夫婦がそうであったように、セリムも思わぬことがきっかけとなり、生涯をともにするような、大切な存在と出会ったりするのだろうか。

　なにせ、人生は何がどうなるかわからない。

　夫人はその日が楽しみでもあり、また少しだけ寂しくもあった。

※

スカーは地下水道をさまよっていた。

いやに大きなネズミが、案内人を気取るかのように足元を走り回る。

内乱で故郷を失ってから、もとより行くあてなどない。かつて家族と暮らしたイシュヴァールは、今や砂礫《されき》の大地が広がるのみだ。

市中にはすでに手配書が出回り、中央のおもな道路や交通機関には兵士が張りこんでいるだろう。鋼の錬金術師を襲撃したことで、芋づる式に〈焔《ほのお》〉と〈豪腕《ごうわん》〉にも出くわしたが、いかんせん騒ぎを大きくし過ぎた。以前にもまして慎重に動かなくてはと思う。

ひとりでも多くの国家錬金術師を葬り去るために。

ふと——背後にじっとりとした視線を感じ振り向く。

尾《つ》けられている。

アメストリス兵でも、国家錬金術師でもない。これまでに戦ってきた相手とは明らかに異質な気配を感じる。向けられているのは、単なる殺気ではない。もっと欲望じみた、捕食者が獲物に向けるような——。

暗闇に目をこらすと、わずかな光に白く浮かぶ影を見た。

異様に丸く太い男と、長い黒髪の男だ。

太い男が鼻をくんくんと鳴らし、白目のみの奇怪な眼でじっとこちらを見つめている。

「におうよ。血のにおいをまとった、イシュヴァール人のにおい。食べていい？」

「あぁ、髪の毛一本残さずにな」

黒髪の男が許可を出すと、太いほうの男がにぃぃぃと口元をゆがめた。

先手必勝。スカーは疾風のように間合いを詰め、左手で男の肘を極めると、右手でその丸顔をわし掴みにし破壊の錬金術を発動させる。

たしかな手ごたえとともに、男の目鼻から血が噴き出した。ところが。

つぶれた果物のような顔で、男はもう一度にぃぃぃと笑った。

男は破壊の右手を力ずくで振り払うと、肉厚な手でスカーの脇腹を掴み、そのままあばらを握りつぶした。

ベキベキと生木をへし折るような音がして、骨が砕ける。

苦悶《くもん》の声を押し殺し、スカーは男の腕を人体破壊で切断して再び間合いを広げる。

顔をあげると、破壊したはずの男の腕がするすると――。

我が目を疑った。

トカゲの尻尾のように、腕が再生されている。

これは人ではない。人に似た〈何か〉だと瞬時に悟る。

腕が完全に再生される前に、どうにか逃れなくては。そう思ったとき、暗がりから三つの影がにじみ出るようにして現れた。

「いやぁ、心配したヨ。いなくなっちゃったからサ」

この国ではあまり見かけない服装の青年が、黒装束のふたり組を従えてたたずんでいる。

痛みで目がかすむ。よくは見えないが、青年はにこやかに笑っているようだった。声音に楽し気な響きがある。

「……若」

「あの巨体の男にも何人もの気配ガ……」

黒装束が口を開いた。ひとりは女。いまひとりは老人のようだ。

「凄いね、この国は。不老不死だらけじゃないカ」

黒髪の男が、さも不愉快そうに舌打ちをした。

「またお前らか……グラトニー、全部食べちまえ！」

若と呼ばれた青年と、後ろのふたりが何者なのかは知らない。

ただ、黒髪の男らと敵対的な関係であることはたしかなようだ。

ならば――。

スカーは残る力を振り絞り、右手で壁に触れた。

※

リン・ヤオは中央《セントラル》の街並みを見下ろしていた。

アメストリスの首都だけあって広い。官公庁街には立派な役所が行儀良く立ち並び、住宅地には大小さまざまな民家がひしめいている。列車があげる黒煙が、風にたなびいて筋を描く様子もよく見えた。

あの建物のひとつひとつに、人の営みがある。

この国を治める王は、どんな人物だろうか。民は幸せだろうか。どこまでも続くような街を眺めて、リンはふとそんなことを考える。

「あの傷の男、何者だ？」

ずいぶんと思い切ったことをするやつだと思う。男が地下水道を治水施設ごと吹き飛ばしたおかげで、リンたちは人造人間の追跡を中断し、高い建物の上へと逃れざるを得なかった。

彼も錬金術師なのだろうか。

理由はわからないが、人造人間に命を狙われているようにも見えた。

「……やつの破壊力には少々驚きました」

「でもあれじゃあ自爆だよ」

おそらく生きてはおりますまいと、フーが言う。

「おかげで不老不死の手がかりを逃した」

申し訳ございませんと頭を下げるランファンに、リンはいいよと短く返した。

彼女が謝るようなことではない。

こちらはたった三人。いくら人造人間が特殊な気配を放っているとはいえ、この広い街で探し出すには効率が悪い。そのうえ殺しても死なず、戦闘力も高いときているのだから、やみくもに追いかけて捕まる相手ではない。

不老不死の法を持ち帰るまで、時間はそう残されてはいない。

何か作戦を練る必要がありそうだ。

「さて、こうなったらあのちっこいのに頭を下げて、教えを乞うか」

「若があのような下々の者に頭を下げるなど！」

とんでもないと怒りの声をあげるフーを、リンが軽くたしなめる。

「なりふり構ってられんよ。俺が背負っているもののためにはね」

そう言ってリンは立ち上がった。

行き倒れたおかげで面白いやつらと出会えたと、小さく笑みをこぼす。

たしか、兄のほうはエドといったか。不老不死の法が欲しいと告げたときの、凍りついた表情はなかなかの見ものだった。

あの顔は、明らかに何か知っている。

ひとつの身体に無数の気配を抱える人造人間——あれはいったい何者なのか。しかも、彼らは複数いるのだ。列車で遭遇したエンヴィー以外に、地下水道ではグラトニーと呼ばれる個体も確認した。それだけでも収穫だ。

こんな頭でよければいくらでも下げてやるさと、腹の底から思う。

それでもダメならぶん取るまでのことだと、リンは祖国の方角を——はるか東方を見た。

第四章「帰る場所」

無骨な工具を握り、金属を削る音を響かせ、機械油の匂いにまみれる。

作業台には大小さまざまな部品が整然と並び、組み上げのときを待っている。

それがウィンリィ・ロックベルの日常だ。

華やかな服や可愛らしい装飾品より、小さなネジやゴツめのカスタマイズに心が躍る。

何より大勢の患者がこの手を必要としていると思えば、工作室にこもりきりになるのは少しも苦ではない。

義肢装具師の祖母や医師だった両親の影響もあって、ウィンリィもまた機械鎧《オートメイル》を扱う仕事を選んだ。リゼンブール村に自宅兼工房を構え、今も現役で働く祖母とともに義肢装具店を営んでいる。

アメストリスはそもそもが紛争の絶えない国だが、イシュヴァールの内乱を機に義肢装具の需要が一気に高まり、機械を内蔵した筋電義肢——機械鎧が発達した。

生身と変わらない、なめらかな動きを実現した機械鎧は、身体の一部をなくした人々の生活の助けになる。生活が変われば、心のもちようも変わる。未来への希望や意欲が生まれる。

それがウィンリィの喜びであり、機械鎧技師としての誇りでもある。

愛犬デンの吠える声が、〈上客〉の訪れを知らせてくれる。

「おや、来たね」

ウィンリィが出迎えるより早く、祖母のピナコが幼なじみを家に招き入れた。

エドが帰ってくるのは、いつも突然だ。

メンテナンスに来るなら先に電話の一本も寄こせばいいのにと思う。そしてこんなときはたいがい、エドは機械鎧を派手に壊して帰ってくる。

これを特急で修理するとなると工房は毎度戦争状態で、徹夜は必至だ。そして修理が終わるや、飛ぶようにしてまた旅に出てしまう。

ひとところに留まらない、まるで風のようだと思う。

「おかえり！」

「おう」

エドが左手をあげて、そっけなくあいさつをした。

こんな、なんでもないやり取りがウィンリィには嬉しい。

賢者の石をめぐる事件にウィンリィも関わることになり、エルリック兄弟の旅がどんなに困難なものか身をもって知ることになった。あれこれと世話を焼いてくれたヒューズが、命を落としたことも。

義肢装具の専門家だから、錬金術のことはほとんどわからない。

しかし事態は、〈エドとアルがもとの身体に戻れば万事よし〉というレベルをとうに超えてしまっている――ウィンリィはそう感じている。

久しぶりに再会したエドは、また傷が増えている様子だった。兄弟の旅が困難の度合いを増している。ひと目でそう察したが、つとめて顔に出さないよう振る舞う。

しかし、何より気になるのはエドの右腕だ。

ウィンリィが一から部品を削り出し、丹精こめて仕上げた最高級の機械鎧が――右肩に装着しているはずのそれが――ない。

「あたしの機械鎧はどこ行ったの!?」

「それがもう、粉々のバラバラに……」

気が遠くなる。予想を超える壊れ具合――というより、初めからぜんぶ作り直しだ。

「大至急、修理をお願いします！」

さすがにきまりが悪いのか、エドはいつになく低姿勢だ。

「跡形もないんだから修理っていわないでしょ！」

頭を抱えつつ待合室のドアを開けると、ウィンリィはエドに入るよう促した。

大勢の患者が修理や調整を待っている。

「とりあえず、並んでくれる？」

エドは何か言いたそうな顔で口をパクパクさせたあと、黙って最後尾に並んだ。

昼間は常連客の義肢を修理調整し、夜はエドの機械鎧製作にあてる。

本当は危険な目になど遭ってほしくない。しかし引き留めたところでムダなことは、長い付き合いのウィンリィが一番よく知っている。

一刻も早く中央《セントラル》に戻って旅を続けたいと、エドはそう思っているに違いない。

「だったら、無理してやろうじゃないのさ」

そうして毎晩、ウィンリィは眠い目をこすり工具を取った。

「やっと完成、最新式の最高傑作……！」

徹夜すること数日、手前みそだが我ながらこれまでにない出来となった。会わない間にちょっぴり背が伸びたエドに合わせて、より繊細な調整をほどこしてある。クロームの比率を上げたぶん錆《さび》には強くなっているが、強度はやや落ちるから大事に使ってほしい。

「毎晩コツコツ作りこんできた甲斐があったねえ」

訳知り顔で微笑むピナコに、ウィンリィは釘を刺す。

「それ、エドには絶対内緒だからね」

エドのために頑張りはしたが、それを当人に知られるのは照れ臭いし、押しつけがましくなるのも嫌だ。

機械鎧の導入には装着に必要な手術と、それを使いこなすためのリハビリが必須となる。その苦痛たるや大の大人でも悲鳴をあげるほどだが、エドはこれに耐え抜き、三年はかかるリハビリを一年でやってのけた。

エドの本気とアルの苦悩に寄り添いたいと、ウィンリィは子供心に思った。

だから技師として兄弟の旅を支えることができているのなら、腕の磨きがいもあろうというもの――そう思っている。

「……エドは?」

「母親の墓参りに行くって、さっき出てったよ」

「……私もあとで父さんと母さんにお花摘んでこようっと」

壁に飾った両親の写真に目をやる。父と母が、あの日と同じようにウィンリィに向かって微笑みかけている。

「そんなに毎日、お花を替えなくても……」

「いいのいいの、日課日課」

ウィンリィはそう言って目を細める。

朝の新鮮な光が窓に透けて、写真のなかの父母を穏やかに照らした。

※

リゼンブール村は、どこからどう見ても田舎だ。

人よりむしろ羊のほうが多いのではないかと、エドは思っている。

ここには何もない。何もないが、都会にはないものもたくさんある。

エドにとっては、たしかにつらい思い出も多い。それでも故郷の土を踏むと、〈帰って来た！〉という安心感に包まれる。

村でただ一軒のこぢんまりとしたカフェも、駅長のやる気のないアナウンスも、子供のころから親しんだものが変わらずに残っている。

ただ母とアルと三人で暮らした家は、今はもうない。

国家資格を取り、いよいよ旅立つというその前夜、エドがみずからの手で火を放った。決して振り返らないように、後ろ髪をひかれる思いは家もろとも灰にした。

それでも帰郷してホッと心が安らぐのは、たぶんロックベル家がそこにあるからだ。

帰る場所があり、迎えてくれる人がいる。だから思い切り旅ができる。

照れ臭いから、ロックベルのふたりの前では決して口には出さないけれど――。

新しい機械鎧ができるまでの時間を利用して、エドは母親の墓参りに出かけた。

なじみの商店で買った花束を片手に、墓地へと続く道を行く。

身体が少しふらつく。スペアの機械鎧を装着しているため、重心が微妙にずれている。

ふと目をあげると、母の墓前にたたずむ影がある。

エドはその背中に見覚えがあった。幼心に、近寄りがたいと感じていた背中。部屋にこもりきりになっては書物に向き合っていた——あの。

「ヴァン・ホーエンハイム！」

心臓が嫌な音を立てて跳ねる。

父親だ。ある日突然、妻子を置いて家を出た父親がそこにいる。夫が去り、幼い子供ふたりを抱えた母トリシャは、どんなにか心細かったろう。そして母は過労で身体を壊し、病になりこの世を去った。

「……エド、ワードか」

十年ぶりに父の声を聞いた。

怒りが喉までせり上がり、エドは言葉が出ない。

こんな父親でも子供の顔は覚えているのかと思ったら、よけいに腹が立った。

「大きく……なったな？」

「なんで疑問形なんだよ！」

「中央あたりでは有名だぞ。史上最小の国家錬金術師だって」

「最年少だ！　ってか、そんなことどうでもいい！　てめぇ、今ごろどの面《つら》下げて戻ってきた！」

「親に向かって、てめぇって……」

ホーエンハイムは眉をハの字にした。

知るもんか、てめぇはてめぇじゃねえかと、エドは固く拳を握る。

「てめぇが出て行ってから、女手ひとつで母さんがどれだけ苦労したか……！」

「トリシャ……俺を置いていくなよ」

ホーエンハイムが母の墓標《ぼひょう》に語りかける。

エドの言葉など耳に届いていない様子で、もう少し……もう少しなんだ……と繰り返す。

「置いていったのはてめぇじゃねえか！」

会話が噛み合わず、エドの心はますますささくれ立つ。

――てめぇが。

――てめぇが死なせたも同然だろう。

こんな気分では墓参りどころではない。久々に訪れる母の墓前に、怒りで荒んだ顔をさらしたくはなかった。

エドはきびすを返し、足早にその場を立ち去る。それなのに――。

「髪、伸ばしているのか？」

ずんずんと歩くエドの後ろから、ホーエンハイムが声をかけてくる。

「おそろいだな」

そう言って父は自分の長い後ろ髪に触れた。

エドは手早く髪を編み、父とは違う髪型になる。

「ついてくんな！」

「ピナコん家に帰るんだろ？　俺もなんだ」

デンがけたたましく吠えている。何かに怯え、威嚇《いかく》するような吠えかただ。

ロックベル家は、もう目の前に見えた。

※

こんな夢を見た。

スカーは荒涼とした大地をさまよっている。

額に触れてみると、十字の傷がない。

ならば自分はまだ〈傷の男〉ではないのだなと、そんなことを思う。

ここには何もない。さえぎるものも、生き物の気配も。

風が砂を掃くように吹き渡り、ひゅうと寂し気な音を立てる。

――みな、どこへ……兄者……師父。

ここはイシュヴァールなのか。ならばなぜ、みなの姿がないのか。

『やあ』
戸惑うスカーに、ふいに声をかける者があった。
食料品店の主が常連客に話しかけるような、そんな日常の気安さを含んだ声だ。
声のしたほうを見ると、男が小高い丘からこちらを見下ろしている。
黒髪を後ろで結った、このあたりでは見かけない顔立ちの。
『何者だ。イシュヴァールの民ではないな』
そう問うと、男はあいさつが遅れた非礼をわび、
『この地区の殲滅《せんめつ》を担当する国家錬金術師です』
と慇懃《いんぎん》に言った。
男がゆっくりと両腕を広げる。
不吉な鳥のようなその姿から、目が離せない。
手のひらに刻まれた不気味な錬成陣が、妙にくっきりと見えた。
ごうと空気が鳴り、目の前が白む。
光より一瞬遅れて、叩きつけるような衝撃が襲い来る。
身体が紙きれのように吹き飛び、額が大きく割れ——。

いつも、ここで目が覚める。

生まれ育ったカンダ地区が陥落した日のことを、スカーは繰り返し夢に見る。

実際に経験したことと寸分たがわぬような生々しさ、痛みをともなっているから、夢だろうが現実だろうが大して変わりはない。

帰る場所も迎えてくれる人も失った日から、スカーは夢と現《うつつ》を堂々めぐりしているようなものだ。

「あ、気づきましたカ」

どこかで聞いた覚えのある声がした。

あどけなさの残る、澄んだ少女の声だ。

地下水道で得体の知れない怪物に襲われて重傷を負い、いちかばちか治水施設ごと破壊した。今ごろは軍がスカーの遺体を探し、下水道をさらっていることだろう。

――また、生き残ったか。

横になったまま天井を見上げる。

申し訳程度に立てた柱に、吹けば飛ぶような屋根がのった粗末な小屋だ。

「……ここはどこだ?」

「街のはずれにある貧民街じゃ」

今度は老人の声がした。

素早く周囲を見回すと、小屋の入り口で見守っていた野次馬があわてて散っていく。

「おめぇさん、アレだろ。指名手配になってた奴じゃろ？」

「……通報するか？」

老人はかかかと笑った。

「大丈夫。ここの住民はイシュヴァールの生き残りばかりじゃ」

ここだけじゃないぞいと、老人は続ける。

「各地に小さな集落を作って、ひっそりと、だが元気に生きておるよ」

〈世の中すべて、我らが神イシュヴァラの懐《ふところ》なり〉。イシュヴァールに昔から伝わる言葉通り、みなしぶとく生き残っている。

スカーの口元に淡い笑みが浮かぶ。

同胞たちのたくましさが、わずかな救いとなって乾いた心にしみ入る。

怪物に握りつぶされた脇腹には、丁寧に包帯が巻かれていた。

「……己《お》れは、助けられたのか」

「びっくりしましタ！　下水道から人が流れてきたんでス！」

「そうか、お前が……」

思い出した。

エドワード・エルリックに追われ、助けを求めてきた――。

少女はメイ・チャンと名乗った。飴玉のような丸い眼で、ケガの具合を気遣うようにのぞきこんでいる。

「凄いですネ。その右腕の入れ墨……」

「ああ」

家族にもらった、大切な――。

※

「この写真、もらっていいか？」

ホーエンハイムが指さした一枚には、彼と妻、そしてふたりの息子が写っている。

ピナコの記憶では、ホーエンハイムが家を出る前に撮影した家族写真だ。

ぎこちない手つきで幼いエドを抱き上げているホーエンハイム。トリシャはまだ赤子だったアルを胸に抱いて、柔らかく微笑んでいる。

ロックベル家のメインルームには、たくさんの写真が貼られている。大切な人々との思い出で、壁を埋め尽くすように。

「どれでも好きなだけ持って行きな」

「いや、これだけでいい。四人で撮ったの、これしかないんだ」

ホーエンハイムは胸ポケットに写真をしまいこんだ。

「エドはまだ寝ているのかい？　起こしてこようか」

「いいよ。もたもたしてたら汽車に遅れる」

ピナコの——年寄りの朝は早い。しかしピナコが目をこすりながらベッドから出たときには、ホーエンハイムはすっかり旅支度を整えたあとだった。

また、どこかへ旅立つつもりなのだろう。

どこへ行くのか、なぜ行くのか。

ピナコはあえて何も訊かない。

自分がすべきは、あれこれ詮索することではない。この家を守っていくことだ。

ホーエンハイムとその息子らが、いつでも帰って来られるように。

そして再び旅立つ後ろ姿に、ご飯を食べに帰っておいでと声をかけて見送る。

それだけでいい。

ただ、十年ぶりに姿を見せた彼に言うべきことは言った。

帰りを待つトリシャに、なぜ電話の一本も入れてやらなかったのか。

父親がいれば、エドとアルも母の死を受け入れ、人体錬成になど手を出さなかったろう。

ピナコの非難にも似たそれを、ホーエンハイムはグラスを手に黙って聞いていた。

ホーエンハイムとは良き呑み友達だ。ピナコの紹介で彼はトリシャと出会い、恋に落ち、エドとアルが生まれた。

ホーエンハイムが村に流れてきたころは、ピナコもそれなりに若かった。しかしピナコが子を産み、その子が医師となってやがてウィンリィが生まれ、さらに歳を重ねても、彼は当時のまま何ひとつ変わらなかった。

人柄も——外見も。

世話になったなと言って、ホーエンハイムは戸口に向かう。

「ピナコ、お礼にいいことを教えてやるよ」

「なんだい？」

「クセルクセスを知っているか？」

一夜で滅んだという、伝説の王国だ。

高い文明をもちながら、ある日突然すべての国民が姿を消したといわれており、今も東の砂漠に遺跡が残っている。

いわゆるおとぎ話のようなものだろうと、ピナコは思っていたが——。

「……じきに、この国にも酷いことが起こる」

「この国がクセルクセスみたいになるってことかい？」

「……今のうちによその国へ逃げとけ」

戸口から射しこむ朝日が眼鏡に反射して、ホーエンハイムの表情が見えない。

「この国は年がら年中酷いことだらけさ。なんで今さら」

「……忠告はしたぞ」

そう言い残して、ホーエンハイムは背を向けた。

遠ざかるその後ろ姿に、ピナコは呼びかける。

「たまには、ご飯を食べに帰っといでよ」

片手をあげて去っていく仕草が、エドそっくりだ……と思いながら。


ホーエンハイムを見送ったあと、ほどなくしてウィンリィが起き出した。

寝ぐせのついた頭で、散らかしたままの作業台を片づける。

工具は手順や用途ごとに分類し棚に、部品も所定の引き出しに。

ウィンリィが機械鎧技師を志したとき、ピナコが最初に教えたことのひとつが整理整頓だ。

大きさも役割も異なる多種多様な部品を扱う以上、小さなネジひとつおろそかにはできない。

そもそも機械いじりの醍醐味《だいごみ》は、各部品を適材適所で用いることだ。それぞれが噛み合い、作用し合いながら、最後にあるひとつの効果をもたらす。

まるで人間のようだと、ピナコは思う。

タイミングが重なり、縁がつながり、それらが集まることで人は大きな力を生むことがある。ウィンリィは、子供ながらにそんな機械いじりの面白さにいち早く気づいていた。何かに興味を抱くことは、それ自体が才能だ。身内びいきといわれようが、孫娘ながら勘のいい子だと思う。

ウィンリィは片づけの手を休めず、ぶつくさと何ごとかをつぶやいている。入れ違いで家を飛び出した、エドのことだ。

「何もあんなにあわてて出て行かなくても……」

「思い立ったら即行動。昔からそうだろ」

ホーエンハイムとピナコの会話を立ち聞きしていたらしいエドは、何か思うところがあったのだろう。父が去って行った道をじっと見つめ、キッチンにあったパンを胃に押しこむと、遺跡へ行ってくると言って家を飛び出した。相変わらず落ち着きがない。

「突然クセルクセスがどうのこうのって。毎晩徹夜してるこっちの身にもなってよね」

子供のころからそうだと、ピナコは微笑む。

口では文句を言いながら、エドの存在がウィンリィの原動力になっている。

たしかにウィンリィは、この仕事に向いているのだろう。しかしエドがいなければ、機械鎧技師としてここまで早く腕を上げたかどうか。

孫娘の可愛らしいボヤキを聞きながら、さて開店の準備でもと思ったそのとき。

「……あれ？」

ウィンリィが妙な声をあげた。

作業台に一本だけ残ったネジをつまみ上げ、そのまま固まっている。

それは、ここにあってはいけないはずの――。

※

照りつける太陽にあぶられながら、エドは馬に揺られて砂漠を行く。

――クセルクセスを知っているか？

――じきに、この国にも酷いことが起こる。

ピナコと父の会話を立ち聞きしたエドは、〈クセルクセス〉の一語に胸騒ぎを感じ、弾丸のようにロックベル家を飛び出した。

ホーエンハイムが言う『酷いこと』とは何を指すのか。

それは本当に起きるのか。

起きるとしたら、それは錬金術に関することではないか。

そんな予感を抱いたのだ。

家にあった蔵書から――あまり認めたくはないが――父が優れた錬金術師であることは

察しがつく。それに加え、クセルクセスは錬金術発祥の地とされている場所だ。

現在、アメストリスで利用されている錬金術の基本方程式は、すでにクセルクセスで完成していたともいわれている。

クセルクセスは四百年以上前に滅亡した、当時の錬金術先進国だ。アメストリスに伝わる伝説では、錬金術で〈完全な人〉を造ろうと試み、一夜にして滅んだといわれている。

〈完全な人〉がどんな存在なのかはともかく、それに近しい者たちにならエドも出会ったことがある。

――人造人間《ホムンクルス》だ。

人工的に命を生みだす以上、これを造ることは人体錬成の範疇《はんちゅう》に入るおこないとなる。

幼いころにエドが人体錬成を思いついたのも、書物にあった人造人間についての記述がきっかけだった。

しかし人間を造ることは国家錬金法で禁じられているし、そもそも不可能とされてきた。

人間の魂を凝縮した高エネルギー体――賢者の石を核として使わない限りは。

賢者の石を精製する技術は、人造人間によって一部の軍高官にもたらされたものだ。

その人造人間と結託し、不死の軍団を造ろうとしたハクロ将軍の裏には、もっと強大な何者かの――おそらくは人造人間を造った者の影がちらついている。大総統には首を突っこむなと厳命されているが、もとよりエドは釘の一本や二本で黙るようなたちではない。

真実の奥の、さらに奥を求めてこその錬金術師だ。そこでアルとふたり、もとに戻る方法が見つかるかもしれない。

クセルクセスはアメストリスとシンのほぼ中間にあり、その遺跡は現在、東西を往来するキャラバンの中継地点として利用されている。

さらさらとした砂の海に、エドの乗る馬が規則的な足跡を残していく。

広い砂漠にはさえぎるものも、ひと息つける木陰もない。

馬の背の上でエドは唸った。

賢者の石、人造人間、軍部、イシュヴァール。

手がかりはそれなりにそろっているようでいながら、漠として考えがまとまらない。ならば発想を変えて錬金術のルーツとされる場所に目を向けてみようとクセルクセスに向かったわけだが、あれこれと思考する前にとりあえず。

「水――――ッ!!」


遺跡に到着したエドは、かつての市街地に入るなりオアシスの水に飛びこんだ。

「あ――ぢ――――!」

鋼の手足をぶら下げているため、機械鎧の接合部に熱がこもって火傷しそうだ。

金属ごしに伝わるひんやりした感触に癒されながら、エドはふと自分には砂漠越えは難しいと気づいた。遺跡からさらに東に進むとシンに行き着くが、到着するころには確実に蒸し焼きになっているだろう。

もし行くなら砂漠地帯を大きく迂回するか、西回りで世界一周するしかない。

だがそれも、もとの身体を取り戻せば問題ないことだ。

そうしたらアルと世界各地を旅して、いつか錬丹術《れんたん》の研究のためシンにも立ち寄ってみたいと、エドはそんな未来を思い描く。

水からあがると、エドは脱いだシャツを絞りながら街を探索した。

針を落とす音さえ聞こえそうな、虚ろな場所だ。

石造りの建物は朽ちてはいたが、砂に埋もれることもなくひっそりとたたずんでいる。舗装《ほそう》の跡がある路には人や物が行き交い、家々には灯りがともっていたのだろう。

一夜にして国民が消えたといわれているが、みなどこへ行ったのか。街の規模からして、相当な人口を抱えていたはずだ。

一説に、生き残った人々が建国間もないアメストリスに流れ着き、錬金術を広めたとされている。〈東の砂漠の賢者〉として、アメストリスの錬金術師なら誰でも知っている話だ。

しかし、砂漠の真ん中でこれほどの栄華を誇った国があっさりと滅びてしまうなど、にわかには信じがたい。

ふと、伝説と昔話の違いはなんだろうかと考える。

エドが思うに、その物語にまつわる遺跡なりアイテムなりが実在しているのが伝説。それ以外を昔話とかおとぎ話と呼ぶのではないか。

クセルクセスはその跡地が遺跡として残っているのだから、〈伝説〉と呼んでよさそうだ。伝説は〈伝え、説く〉と書く。

だからどんなに荒唐無稽《こうとうむけい》でも、そこには先人たちがのちの世に伝えたかったことが、いくばくかでも含まれているのかもしれない。

さらに歩みを進めると、崩れかけてはいるが特に立派な建物が見えた。

「すげー神殿」

崩落せずに残っている巨大な壁一面に、錬成陣のようなものが描かれている。現在の錬金術とは少し異なる、〈クセルクセス原式〉の図像だろうか。

二頭の竜に——太陽が五つ。

「第五研究所にあった錬成陣と似てるけど……」

残念ながら上部が欠けており、全貌はわからない。

エドは壁を見上げたまま動けないでいた。

錬金術師としての興味もあるが、何かとても大切な、おろそかにしてはいけないもののようにも思える。科学者の勘のようなものだ。

エドが思考の海に沈もうとしたとき。

そろりと、背後から何者かが近づく気配がした。

エドは振り向くこともなく襲撃者の一撃をかわすと、腕を掴み上げてそのまま地面に押さえつける。襲撃者が手にしていた棍棒が、ガランと音を立てて転がっていった。

「あいにく金は持ってな……イシュヴァール人か？」

褐色の肌に赤い瞳の、若い男だ。

内乱が終結し土地を追われたあと、軍の目の届きにくいクセルクセスに逃れたのか。

建物のかげから、彼の同胞たちがわらわらと姿を現す。

いずれの眼にも敵意というより、何か悲壮な決意のようなものが宿っている。

「悪いが、大人しく捕まってくれんか」

「あいにく身代金を要求しようにも、両親がいないんだよね。オレ」

金ではないと、ひとりが言った。

「イシュヴァール閉鎖地区の開放を要求するため、人質になってくれんか？」

バカバカしいと、エドは吐き捨てた。

アメストリス軍は苛烈にして冷厳だ。子供ひとりの命のために取引に応じるわけがない。

男はさらに言いつのる。

「それでも、世論は変えられるかもしれん。子供を見殺しにしたアメストリス軍……とな」

イシュヴァールの内乱も、引き金はひとりの子供の死だった。

たしかに弱い者を襲う悲劇は同情を集めやすい。世論に訴える力もあるだろう。けれど、そのために〈子供〉を利用するやりかたには、エドは賛成できない。

押し黙るエドを、男らがじりじりと包囲していく。そのとき、

「やめんか、見苦しい！」

鋭い制止の声が飛んだ。しゃがれているが、芯のある声だ。

「馬鹿者が。イシュヴァラの名を辱《はずかし》める気か」

少年に手を引かれて、ひとりの老婆がエドに歩み寄る。顔には、これまでの労苦を物語る無数のしわが走っている。

彫刻家がノミで刻んだような、深いしわだ。

老婆はシャン、少年はトトと名乗った。

シャンの言葉に従い、エドを取り囲んでいた男らが後ろに下がる。それを見たエドもまた、地面に這《は》いつくばっている男から身体をどけた。

「すまんね、若い者たちが無礼をはたらいて」

「いや……イシュヴァール人がオレたちアメストリス人を憎んでるのは、よく知ってる」

シャンはああとうなずいた。

「……我々からすべてを奪い、この荒野に追いやったお前たちを許すことはできない……」

「じゃあ、なんで助ける？　その大嫌いなオレたちをよ」

「すべてのアメストリス人が、悪い奴ではないこともよく知っとるからじゃよ」

シャンは瞳に深い色をたたえて言った。

「シャン様も僕も、あの内乱のときアメストリスのお医者さまに命を助けられたんだ。イシュヴァールがあんなことになってしまって、正直君たちが憎いけど――」

エドも気づいていた。今この場にいる誰もが、大きな傷痕を抱えている。

トトは左肩に、シャンは右目に。

「それでも今、僕が生きているのはそのお医者さまのおかげだ。すべてを憎むことはできない」

「――間接的に、オレもその医者に助けられたことになるのかな」

シャンたちを救ったその人物は無事に帰れただろうかと、エドは思う。

同じように志をもってイシュヴァールにおもむいたウィンリィの両親は、そのまま帰らぬ人となった。

「……医者か。オレの幼なじみの両親も、内乱のとき夫婦で医者としてイシュヴァールに行ってたよ」

夫婦!?　と、トトが大きく反応する。

「ひょっとしてロックベル先生か!?」

「え？　知ってんのか？」

「知ってるも何も、僕たちを助けてくれたのはその先生だ！」

トトがはじめて笑みを見せた。

「そうか……ロックベルのおじさんと、おばさんが……」

「娘さんが家で待ってるって言ってた。えっと、たしか……」

「ウィンリィ？」

「そうそう、ウィンリィ！」

——私たちにも、君くらいの歳の娘がいるんだ。

ロックベル夫妻はそう言って、親身にトトの治療にあたったという。

「ずっとお礼を言いたかったんだ！」

そう言ってトトはもう一度笑みを見せた。

なりゆきを見守っていた男らが、ふいにざわつきだす。彼らもまた、ロックベル夫妻に命を救われたひとりであるらしい。

張り詰めていた空気が、ほんの少しゆるんだように思えた。医者とはすごいものだ。亡くなってからもこうして、誰かを助け続けている。

「ロックベル先生は内乱が悪化しても夫婦で現場に踏みとどまり、最後まで人々を助けておったよ」

そうか……と、エドは目を伏せる。ウィンリィの両親が戦地でどう生きたのか、その一部でも知ることができて良かったと思った。

「……どんな最期だった？」

エドが問うと、老婆と少年の微笑が見る間に凍りつく。

後悔と恐怖と苦悩がまだらになって表れた、そんな顔だ。

「……助けた患者に、イシュヴァール人に殺された」

シャンはそう言って、曲がった背中をさらに丸めた。

「そんな……」

そんな理不尽なことがあるかよ……！

命を救おうとして、命を奪われる——そんなことが。

エドの胸に、幼いウィンリィの姿がよみがえる。

イシュヴァール殲滅戦がはじまったころ、ロックベル夫妻が現地に取り残されたと軍から知らせがあった。不安に押しつぶされそうになりながら、膝をかかえて両親の帰りを待っていたウィンリィの姿を、エドは今も忘れることができない。

「すまない。我々は、あれを止められなかった」

シャンの手が震えている。つい今しがた、悪鬼の姿を目撃したかのように。

「……どこのどいつだ」

ロックベル夫妻を手にかけ、ウィンリィを悲しませたのは。

「額に大きな傷を負って、包帯だらけで顔はわからなかった」

——額に傷。

「右腕全体に入れ墨のあるイシュヴァールの武僧だった」

※

貧民街に身を寄せて数日、握力が戻ってきた。

即席のダンベルを上下に振り、上腕に負荷をかける。

住人らやメイには無茶をするなと止められたり、呆れられたりもした。

しかし、スカーは精強さで知られたイシュヴァールの武僧だ。心身ともに修練をおこたらぬことが長年の習慣であり、自身のなかに根として息づいているものだ。

筋肉のくぼみに沿って汗が流れる。

スカーはおのれの右腕を見つめた。

彫りこまれた〈破壊の錬成陣〉は、錬金術に錬丹術の要素を加えたもの——亡き兄の研究成果そのものだ。

イシュヴァールの教えと錬金術は、本来は相容れないものだ。元来あるべき姿を異形へと変成させる錬金術は、万物の創造神イシュヴァラへの冒涜《ぼうとく》として忌まれた。

だが、スカーの兄は錬金術に並々ならぬ関心をもっていた。東の大国シンの錬丹術にも。

そもそも錬金術に興味を抱いたのも、シンから来た旅人から書物を譲り受けたことがきっかけだと言っていた。

錬金術は人を幸福にする技術である。それが兄の主張だった。新しい風を入れることは、決してイシュヴァラに背くことではないとも。

兄は同じ考えをもつ仲間と集まり、人目を避けて勉強会を開いていた。

そんな兄を何度たしなめたかわからない。スカーが錬金術を厳しく批判するたび、眼鏡の向こうの眼が困ったように細められた。

思い出のなかの兄に、スカーは幾度も問う。

ならばなぜ、人を幸福に導くための錬金術が殺戮《さつりく》に使われたのか——と。


「スカーさん、お客さんでス」

ボロ布の間からメイがひょっこりと顔を出す。その向こうに、なつかしい顔が現れた。

殲滅戦の混乱のなかで別れたきりの。

「師父！」

床に両の拳をつき頭《こうべ》を垂れる。イシュヴァール式の、礼を尽くしたあいさつだ。

「ご無事で何よりです」

「お前もよく生き延びた」

師父はスカーと同じ武僧だ。

イシュヴァールの文化に詳しい者でなくても、そのどこか禁欲的なたたずまいを見れば、ひと目で彼が僧侶だとわかるだろう。再会を喜ぶ短い言葉のなかに、これまでの労苦をいたわるようなあたたかみがこもっている。

「仲間と南部に向かわれたとお聞きしておりました」

「最近は南部も安全ではなくなってな。とばっちりを受けぬうちにと移動しているとき、お前の話を聞いた……国家錬金術師を殺してまわっているそうだな」

押し黙るスカーに、師父が低く言った。

「たしかに我らの村を焼き滅ぼしたのは国家錬金術師だ。恨みたい気持ちはわかる。だが、お前のしていることは八つ当たりに近い復讐ではないか」

スカーはおのれの膝に目を落とした。

師父の顔を見ることができない。

「復讐は新たな復讐の芽を育てる……そんな不毛な循環は早々に断ち切らねばいかんのだ」

——堪えねばならんのだよ。

師父が静かに言った。

弟子にだけでなく、自身に言い聞かせるように。

スカーは強く膝を掴む。

——堪えろ……？

堪えたその結果が、今ではないか。

少なくとも、兄は相手を知る努力を重ねてきた。

考えの違う者と相対しても、声を荒らげることは決してなかった。

無口な弟と異なり、言葉を尽くして話し合おうとつとめてきた。

その兄がなぜ、殺されなければならなかったのか。

内乱の終結後、イシュヴァール居住地区は閉鎖。人々は祖先の地を追われ、国の内外へと散っていった。師父が身を寄せていた南部は隣国アエルゴとの国境付近がきな臭くなり、東の大砂漠に逃れた同胞も果たして無事かどうか。

イシュヴァールの民にとって、内乱の終結と苦難の終わりはイコールなどではない。

むしろはじまりだったのだ。

故郷の村が焼け落ちたあの日、瀕死《ひんし》の重傷を負ったスカーは灼熱《しゃくねつ》の大地を歩いていた。

かけがえのない家族も。

心を通わせた仲間も。

守るべき神の地も。

すべて軍の手で焼き尽くされた。

身体のなかで怒りが荒れ狂う。

激情が出口を求め、皮膚を突き破って今にも噴き出しそうだ。

骨はきしみ、絶望で身体の力は抜けきっていた。

それなのに。

不思議と歩みが進んだことを、スカーは今も強烈に覚えている。

あのとき——頭のなかで何者かの声がこだました。

『行け！　進め！』

神の声かとも思ったが、ほかでもないおのれ自身の声である。

ずるずると引きずられるような力に導かれ、行きついた先が復讐だ。

〈怒り心頭〉などという言葉もあるが、ずいぶん的外れな表現だとスカーは思う。

やり場のない怒りは、足にこめるものだ。

スカーにとって師父は文字通り師であり、また父も同然の存在だ。敬愛する師父の戒めに従うことが、おそらくは地神イシュヴァラの御心にかなうことなのだろう。

しかし、すでに十人もの国家錬金術師を手にかけた。

これからも手にかけ続けるだろう。

――もう、後戻りはできぬ。
イシュヴァールの民は、自身の名を神からたまわったものとして大切にする。
誇りをもって名を名乗る。
ゆえに、スカーは本名を捨てた。
〈傷の男〉は軍がつけた名だ。
好きに呼べ、と思う。
戻れぬ道ならば進むしかないと、右拳に力をこめる。
『行け！　進め！』
こだまする声に従い、復讐の道を突き進む。
神よりたまわりしもの、すべてを捨てて――。

第五章「復讐者の邂逅」

リゼンブールから中央《セントラル》へとやって来ると、まるで違う国を訪れたような気分になる。羊より人間の数が多い――というより、羊が見当たらない。

田舎はのんびりで都会はせわしないなどというつもりはないが、人々の歩く速さからして違う。移動手段もそうだ。エドの故郷では馬車がメインだが、中央では自家用車を所持する市民も少なくない。

通行人の群れを身軽によけながら、エドは駅舎を出た。

「やっぱり中央は人が多すぎて慣れないよなぁ……」

――早く戻って、アルを直してやらないと。

鎧の片腕はもげているし、胴も大きく抉られている。不自由しているだろう弟のことを思うと、エドも行き交う人々と同じく自然と足早になる。

「エドワードさん?」

ふいに呼び止められて振り返ると、小さな男の子がにこにことエドを見上げている。

「やっぱり! 国家錬金術師のエドワードさんでしょ?」

おうと答えると、男の子は瞳を輝かせた。

「うわぁ! 噂どおり小さい錬金術師だぁ!!」

――おっ。

――おま。

思いがけず浴びせられたNGワードに、エドは壊れかけのラジオのようになった。

「おまおまおまお前なあ、ガキだからといって……」

男の子の頬をむにっと引っ張ろうとした、そのとき、

「この子が車から君を見つけてね」

遅れてやって来た軍服の人物に、エドは目を丸くする。口ひげに、眼帯の——。

「ブラッドレイ大総統！」

エドは定規のように背筋を伸ばし、素早く敬礼した。

「息子のセリムだ」

げっと声が出そうになるのを、なんとかこらえる。

「この子はずっと、君にあこがれていてね」

「僕も錬金術を習って、エドワードさんみたいな国家錬金術師になるのが夢です」

あこがれの存在と言われて悪い気はしない。むしろ有頂天になるレベルで嬉しいが——

心の準備なく国のトップに出くわすとなると、さすがのエドも心臓にこたえる。

「エドワードさん。今度、錬金術を教えてくださいね」

父親にうながされて車に乗りこむと、セリムが人懐っこく手を振る。

去っていく車を、エドは敬礼したまま見送った。

——っと、いけね！

車が見えなくなるまで固まっていたエドは、ふと我に返りアルが待つホテルへ急ぐ。

到着するやひと息入れる間もなく、パンと両の手のひらを合わせた。

散らばった鎧の欠片は、中央の憲兵たちが丁寧に拾い集めてくれた。装甲は多少薄くなるが、足りないぶんは周りから金属を寄せて補えばいい。

アルの修復を人任せにできないのは、ちょっとしたコツがいるからだ。

背中の内側にある印は弟の魂を錬成したとき、エドがみずからの血液で描いたもので、これが魂を鎧につなぎとめる仲立ちとなっている。

アルの急所ともいえる場所だから、この印を崩さないよう注意して錬成しなくてはならない。

エドの手から放たれる錬成光に包まれると、ボロボロに傷ついた鎧がみるみるもとの輝きを取り戻していく。

修復が終わると、アルはストレッチをするように肘を曲げたり、胴をひねったりして、関節の稼働具合をたしかめている。

聞き慣れたガシャガシャ音が戻ってきて、エドは安堵の溜息をついた。

だがもうひとつ、やるべきことがある。

アルにだけは、話しておかなくては。

「スカーがウィンリィの両親の仇《かたき》……!?」

リゼンブールでホーエンハイムに再会したこと。

思い立ってクセルクセスを訪れ、イシュヴァール人と出会ったこと。

そして、ロックベル夫妻の最期を伝え聞いたこと――。

ウィンリィの両親を殺害したのは、額に傷と右腕に入れ墨をもつイシュヴァールの武僧だと、シャンは教えてくれた。

そんな……と、アルはうめくように言った。

「まだ、確定したわけじゃないけどな」

「兄さん、それウィンリィには言っちゃダメだよ」

「こんなこと言えるかよ！」

「だよね……」

エドとアルは、たとえつらい真実でも〈知ること〉を力に変えて一歩ずつ前に進んできた。それが錬金術師として正しい態度だと、エドにはその自負がある。

しかし、こればかりは――。

自分たち兄弟の腹におさめておけばいい。

これ以上、ウィンリィの泣き顔など見たくはなかった。

「それからホーエンハイムが言ってた、この国に起きる酷いことってぇのも気になる」

「人造人間《ホムンクルス》はオレたちのことを人柱って呼ぶだろう？　死なせるわけにはいかないって、ずっと言ってる。きっと何か関係がある」

「酷いこと……？」

古びたホテルの古びたソファに腰かけて、エドは腕を組んだ。

人柱とは、そのまま解釈するなら〈生贄《いけにえ》〉という意味だ。

だがエドとアルを贄として、いったい誰が、どんな利益を得るというのか？

人はみな、何かの犠牲なしには何も得ることはできない。

ホーエンハイムの言う『酷いこと』と人造人間の間になんらかの関わりがあるとするならば、国を揺るがすような大きな等価交換がおこなわれる——という意味だろうか？

人造人間と軍高官のつながりが明らかになった以上、その可能性は否定できない。

「なんだか謎だらけだね」

「やっぱり人造人間をとっ捕まえて、直接情報を聞き出すしかないか」

そこでだ、とエドが身を乗り出す。

「オレたちで、人造人間をおびきだす。人柱に死なれちゃ困るっていうなら、オレがスカーに襲われて危機に陥ったら……」

「やつらは出てくる……？」

アルが首をかしげる。

「でも、確率は低いよ？」

「何もやらないよりマシだ！」

「仮に人造人間が出てきたとしても、どうやって捕まえるのさ？」

「な……んとかなる!!」

……たぶん、とエドの言葉が尻すぼみになる。正直、捕獲方法までは考えていなかった。

弟の冷静な指摘に、エドがしどろもどろになっていると。

「は～い、話は聞きましタ！」

「リン！」

中央行きの列車で出会った、あの行き倒れのリン・ヤオが窓からのぞいている。黒装束を引き連れ、不老不死の法を求めてエンヴィーを追っているのではなかったか。

「わあ、うまそうだネ」

リンは窓の桟をまたいで室内に侵入すると、身構える兄弟をスルーし、テーブルに並んだ料理をわしわしと頬張りはじめた。

「で、その人造人間捕獲作戦。協力しようじゃないカ」

口もとにマヨネーズをつけたまま、リンが言った。

勝手にオレのルームサービスを食ってんじゃねえとか、シンの連中はどうしてこう食い意地が張ってんだとか、いいから口の周りを拭けとか、なんで窓から入ってくるんだとか、あれそもここはホテルの最上階じゃねえかとか、エドとしてはツッコみたいことは山ほどあるのだが、今もっとも気になるのは。

「……何、企んでやがる？」

「やだなー友達だロ！　協力するのは当たり前♡」

というのは建前で――と、リンはエドの眼をのぞきこむ。

「こっちも人造人間の秘密が欲しいんでネ」

※

この数日、中央は〈鋼の錬金術師〉の話題でもちきりだ。

「無償で人助けしてるって」

「いい国家錬金術師もいるんだな」

アルが少し通りを歩くだけで、通行人のそんな話し声が耳に入る。

評判は上々のようだが――。

うさん臭い笑みを浮かべながら善行に励む兄を、アルは何ともいえない、気恥ずかしい気持ちで見守っていた。

――ああ、さっそく。

「なんてことしてくれてんだよ！」

往来に男の怒声が響く。小さなワゴン店に車が突っこんだのだ。

運転手は平謝りだが、休業を余儀なくされる店主の怒りはおさまりそうにない。

ここぞとばかりに、エドが両者の間に割りこむ。

「お困りのようですね！」

なぜか小粋なポージングまでキメている兄を見て、アルは頭を抱えた。

「鋼の錬金術師、エドワード・エルリック参上！」

それでなくとも目立つタイプだ。騒ぎを耳にした人々の視線が、一斉にエドに集中する。

「このような破壊はちょちょいのちょいで……一発修理！」

パンと景気よく手を打ち鳴らすと、錬成光が大破した店を包みこむ。めちゃめちゃだった店が時間を巻き戻したかのように元に戻ると、野次馬の間からわぁと歓声があがった。

「ありがとうございます！　お礼はいくらお支払いすれば……」

ホッとした様子で懐《ふところ》から財布を取り出した運転手に、兄はハハハと笑った。

「そんなもの無用無用！」

タダと聞いて、我も我もと人が押し寄せる。

ご婦人がうっかり割ってしまった壺も、お年寄りの折れた杖も、ポッキリいった工事現場の柱も、壊れた子供の玩具も、乞われるままビシバシと修理していく。

〈あなたの街の国家錬金術師〉。それが半ば便利屋と化したエドのキャッチコピーだ。

リンがもちかけた作戦はこうだ。

まず兄弟がおとりとなってスカーをおびき出し、あえて身を危険にさらす。

そのスカーを排除しようと人造人間が動いたところを、リンたちが先回りして捕獲するというものだ。

驚くことに、リンたち三人はある程度の範囲内であれば、人造人間の気配を察知することができるという。どういった理屈なのか、アルにもよくわからない。

今は作戦の第一段階だ。派手に騒いだだけあって、あちこちで兄の噂話を聞く。

アルは野次馬の群れからエドを引っ張り出し、路地裏に隠れた。

「オレの評判は上がり、スカーも釣れる。一石二鳥だな」

街の人々にチヤホヤされたせいか、エドは鼻高々でふんぞり返っている。我が兄ながら単純だなあと、アルは思う。

あとは、噂がスカーの耳に届くことを祈るばかりだが……。

「ほんとに、こんなことでスカーをおびき出せるのかな」

「何を今さら。アルもリンの作戦に乗ったろ」

「たしかに乗ったは乗ったけど……」

「じゃあ行動あるのみ！　……にしても衝撃だったよな……」

たしかに驚いた。リンが抱える〈家庭の事情〉には。


「皇子!?」

リンの告白に、兄弟はポカンと口を開けた。

開いた口に虫が飛びこんでも気づかなかったろう。そのくらい仰天した。

共同戦線を張るにあたり、リンがまさかの素性を明かしたのだ。

「皇子って……シンの？」

「そウ」

驚きの後にこみ上げてきたのは——ものすごく失礼だとは思ったが——笑いだった。

人の話を盗み聞きして窓から侵入したり、腹を空かせて行き倒れたりするプリンスなど世界広しといえどリンだけだろう。服装ひとつとってもワイルドな部類だし、やることも少しばかりセコいし、アルが抱く優雅華麗な王族のイメージとはかけ離れている。

「俺は馬鹿にされてるんだろうカ？」

顔を伏せたまま、エドがわりぃと謝った。肩がぶるぶると震えている。

「皇子といっても、二十人以上いるしナ」

「そんなに？」

「皇子と皇女で、合わせて四十人くらいいるヨ」

「よ、四十!?」

リンによれば、シンはおよそ五十もの少数民族が集まってできた君主制の国だという。各民族の首長の娘が皇帝に嫁ぎ、子をなすから、当然ながら皇子皇女も大勢になる。国をまとめるのに必要な仕組みなのだろうが、皇位継承問題が起きたとき面倒になりはしないだろうか。

アルがそう言うと、リンは深くうなずいた。

「そウ。まさに今、直面している問題ダ。俺は皇帝の十二番目の子だから、十分次の王座を狙える位置にいるわけケ」

「それで、なんで不老不死が必要なの?」

ソファに浅く腰かけて、リンは腕を組んだ。

「現皇帝は最近、病に臥《ふ》せっていてネ。どうやら先は長くなさそうダ。だからどいつもこいつも、不老不死の法を持ち帰って皇帝に引き立ててもらおうと躍起《やっき》になっていル」

死に瀕《ひん》しているから、不老不死にすがる。

栄華を極めた人はやっぱりそこに行きつくのかなと、アルは思う。

寂しくは——ないのだろうか。

錬金術の基本概念は〈循環〉だ。親きょうだい、子や孫、親しい人々も、いつかは時の流れに押し流されていく。そして流れ着いた先で〈分解〉され、やがて別のものの姿かたちをとって〈再構築〉される。

不老不死とはつまり、その大いなる循環から自分だけ弾かれてしまうということで、いうなれば永遠に続く仲間外れだ。

アルはそんな孤独には耐えられそうにない。眠れぬ身体になってから、ずっとひとりぼっちの夜を過ごしてきた。幸せな夢を見る代わりに、よけいなことばかりを考えた。

小さな血印でようやく現世に留まっているアルにしてみれば、永遠の命になどそう価値があるとも思えない。

生身の身体を取り戻して、限られた人生をまっとうできればそれで十分だと思う。

「でも今の皇帝が不老不死になったら、皇帝の座は永遠にあかないだろう？」

エドが当然の疑問を口にした。

「先は長くないって言った口。不老不死らしきもので一時的に喜ばせてやればいイ。皇帝が生きているうちに、俺の一族の地位を少しでも引き上げてもらウ」

あとは力ずくで王座をぶんどル——。

王座につけるかどうかで、おそらく一族の将来が大きく左右されるのだろう。

リンの声音には、はじめて出会ったときと変わらない、強い決意の響きがあった。

でも、やっぱり。

「どう見ても皇子には見えないけどね」

「まあな」

ほかの大通りで二、三派手なパフォーマンスを見せて、それでもスカーが現れなければ今日はホテルに引き揚げようと、兄と話し合う。

いずれにせよ、スカーとはもう一度向き合わなくてはならない。

本当にウィンリィの両親を殺したのか。

そうであるなら、なぜ恩人を殺したのか。

真実をたださなくてはならない。

はじめて戦ったときは一瞬で叩きのめされたが、相手の手の内はすでにある程度わかっている。今度はもっとうまく立ち回れるはずだ。

そのとき――。

鉄の身体でも感じられる、空気がヒリつくような気配がした。

純粋な殺意が、人の形をとって現れたような立ち姿。

アルは絞り出すようにつぶやいた。

「ほんとに出た……！」

※

におうよ、におうよ。

「この前、食べ損ねたイシュヴァール人のにおい……！」

リンは物陰に身を潜めて、人造人間のようすをうかがっていた。

やたらと丸い異形の男は、グラトニーといったか。この国の言葉で〈暴食《ぼうしょく》〉を意味すると聞いた。

どうやらスカーを食う気でいるらしい。

「またかよ、あのバカ兄弟。いい加減大人しくしてくれよ」

チッと舌打ちをした、若い男のような姿をしたほうがエンヴィーだ。こちらは〈嫉妬《しっと》〉という意味だったか。変身能力があるとエドから教えられたが、どんなに姿を変えようとリンたちは問題なく正体を見破ることができる。

やはりエルリック兄弟に張りついて正解だったと、リンは刀を持つ手に力をこめる。

いちかばちかの賭けだったが、エドの噂にスカーが釣られ、さらにそのスカーを始末すべく人造人間が動き出した。

読みが当たったのだ。

人助けをして回るエドを遠巻きに見守っていると、そう遠くないところからあの気配を感じた。無数の人間があり得ない密度で集まっているような、ひどく異様な気配だ。だから範囲さえしぼることができれば、人造人間の発見など造作もない。

エンヴィーとグラトニーは、見晴らしの良い建物の上から兄弟の動向を監視している。見張られているのは――追われているのは、自分たちのほうだとも知らずに。

リンの合図と同時に、ランファンがグラトニーの顔面に強烈な蹴りをお見舞いする。重い音とともに巨体が吹き飛び、ひしゃげた饅頭《まんじゅう》のような顔がみるみる再生されていく。傷がすっかりふさがると、グラトニーはきょとんとしたような顔つきでこちらを見た。

リンの口元に笑みが浮かぶ。

「はーイ、こんにちハー。待ってたヨ～。あ、人造人間の印……ウロボロスの入れ墨ってそれカー」

エンヴィーは左足の腿《もも》に、グラトニーは舌に。みずからの尾を食らう蛇の紋章が刻まれている。兄弟から教えられた、人造人間の特徴だ。

ウロボロスは、錬金術で〈永遠〉を象徴するマークだと聞いた。ますますもって好都合だ。縁起の良いものとして、皇帝もさぞ喜ぶだろう。

賢者の石とそれにまつわる伝説を頼りにアメストリスを訪れたが、リンはもとより不老不死の法など信じてはいない。〈ソレっぽいもの〉さえ持ち帰ることができれば、皇帝の歓心を買うには十分だ。

「はぁ〜、ほんとしつこいな！」

リンの顔を見るなりエンヴィーが溜息をついた。腹の底からうんざりしたような声だ。

つれないなあと、リンは心のなかでつぶやく。

こちらは会いたくて会いたくて仕方なかったというのに。

ランファンが信号弾のピンを抜き、空へ投げ上げる。人造人間発見の合図だ。

これでエルリック兄弟はひとまずお役御免となる。うまくスカーをまいたならこちらの援護に回ってもらいたいが、そこまで期待できるものかどうか。

「逃げようとしても無駄ダ」

「貴様らの独特の気、我らはどこまでも追えル」

フーとランファンが最後通牒《つうちょう》を突きつけるように言う。

「今度こそいただくゾ、不老不死！」

策が十分効果をあげたなら、あとは力ずくでぶん取るのみ。

これまでもセコくあれ、強くあれの精神で生き残ってきた。

皇帝の容態が悪化するにつれ、祖国では民族間の覇権《はけん》争いが激しさを増している。勝たなくては潰される。踏みにじられる。片時も忘れたことなどない。自分が生きているのは、そうした世界だと。

ヤオ族五十万の命運を背負って、リンはアメストリスにやって来た。

——手ぶらで帰れるものか。

太陽の光を弾いて、リンの刀が鋭い光を放った。

※

「ほんとに出た……！」

アルがつぶやくと同時に、スカーが右手をゴキリと鳴らす。

これで人造人間が現れれば、ひとまず兄弟の役割は終わる。無理にスカーと戦う必要はない。

だがエドはもう一度、スカーと対峙しなくてはと考えていた。

ロックベル夫妻の死について、真偽をたしかめなくては。

エドがクセルクセスを去るとき、シャンはこう言ってロックベル夫妻を悼《いた》んだ。

『感謝と、謝罪を——』

もし本当にスカーが犯人ならば、ロックベル家の墓前に引きだして謝罪させてやりたい。

アルにも言っていないが、エドは内心そう考えている。

「おおおおおおりゃ!!」

兄弟の声が重なる。両手を合わせるとドンと威勢のいい音がして、石畳が拳の形をとりスカーに襲いかかる。

相手はあのスカーだ。こちらの顔を見ただけで殺しに来る、あのスカーだ。

問答無用で攻撃あるのみ。

「……っとお！」

スカーは敏捷《びんしょう》なうえに、見た目以上にリーチが長い。特に右手は、ヒットの直前グンと伸びるように迫ってくる。

これが――恐い。

野生動物のように身をひるがえし、スカーの右手を皮一枚でかわすと、エドは敵に背を向け全速力で走りだす。リンたちが人造人間を見つけだすまで、どうにか時間を稼がなくてはならない。しかし、つかず離れずで戦うのは。

「しんどい!!」

足場を崩して相手に揺さぶりをかけ、接近して破壊の右手で仕留めるのが、エドが戦いの中で学習した〈スカーの攻撃パターン〉だ。

わかってはいる。

わかってはいるが、そもそも加減しながら戦えるような相手ではない。

アルの援護を受けながら、エドはとっさに高い足場を錬成し逃れる。だがそれも破壊され、瓦礫《がれき》がエドの顔面を直撃した。

思わず膝をつくエドを目がけ、スカーが右手を大きく振りかぶる。逃れる間はない。

右の機械鎧《オートメイル》だろうが左の生身だろうが、腕をやられたが最後。エドは戦闘不能に陥る。

人体破壊か。

機械鎧破壊か。

――どっちだ!?

「南無三!!」

手を合わせ、右腕を突き出す。

ふたりの手と手の間。その一点に分解エネルギーが凝集する。

臨界に達した力は衝撃波となって同心円状に広がり、同じ磁極が反発し合うようにエドとスカーの身体を吹き飛ばした。

スカーが繰り出した機械鎧破壊のエネルギーに、エドが同じ分解エネルギーをぶつけたのだ。

「分解エネルギーの相殺!? 無茶するなあ!」

アルの叫びをよそに、エドはラッキーと不敵に笑った。

見ると、互いの右の袖が大きく破れている。

露出したスカーの右腕には――。

「入れ墨!」

「野郎……まさか本当にウィンリィの……！」

破壊の錬金術が弾かれても、スカーは攻撃の手をゆるめない。できる限り距離を取りたいエドだが、スカーが石畳を崩していくせいで、じりじりと逃げ場が奪われていく。

それでも、ぺしゃんこにやられた前回と比べればずっと善戦していた。ちらと空を見る。リンからの信号弾はまだ上がらない。

「動くな！」

通行人から通報があったのか、数名の兵士が駆けつけスカーに銃口を向ける。

スカーはまったく意に介さず、攻撃の矛先をアルに向ける。建物の壁が破壊され、大小の瓦礫が鎧の身体に降り注いだ。

とばっちりを食った兵士らはその場に伸び、手から銃が転げ落ちる。

「あぁっ……ごめんなさい！」

アルが思わず謝る。

「この野郎。関係ない奴、巻きこむなよ！」

「貴様が大人しく裁きを受ければ終わることだ。鋼の錬金術師」

エドの怒声に、スカーははじめて戦ったときと同じような言葉を繰り返した。とりつくしまもないとは、このことだ。

たしかに錬金術師は間違いを犯してきた――エド自身も含めて。

それでも、エドはスカーの行為を認めるわけにはいかない。人のためにある錬金術で人を傷つけることも、躊躇《ちゅうちょ》なく無関係の者を巻きこむ身勝手さも、神の代行者をかたり殺しを正当化する傲慢《ごうまん》さも。

ましてスカーがロックベル夫妻の殺害犯だとしたら、なおさらだ。

「兄さん、見て！　退却だ！」

アルが指す方角を見ると、建物の隙間から信号弾の光が見えた。

「よし、現れたか。人造人間……」

エドは小さく息をつく。

退く前に、これだけはたしかめておかなくてはならない。

「スカー、ひとつ訊いておきたいことがある」

エドは構えの姿勢のまま問う。

「神の代理人ってやつは、人のために尽くした医者の命も平気で奪うのか？」

押し黙ったままのスカーを、エドはまっすぐに見据える。

嘘もごまかしも、言い訳も言い逃れも許さない。

「アメストリス人の、ロックベルという医者夫婦に覚えはないか？」

なぜ答えないのか。

答えられないのか。

あるいは、無言が答えなのか。

エドの声が大きくなる。

「内乱のイシュヴァールにおもむいて、殲滅《せんめつ》戦の命令が出た後も、イシュヴァール人を助け続けた……」

言葉を重ねるたび、腹の底が煮えてくる。わだかまっていた疑念が、抑えようのない怒りとなって脊髄《せきずい》を駆け上がる。

「スカー！」

エドはひときわ大きな声をあげる。

「てめえを助けて、てめえが殺した医者の夫婦に覚えはないか!!」

兄さん！　と鋭い制止の声が飛んで、エドははっと我に返る。

激情で沸騰《ふっとう》した頭が、急速に冷える。

――どうして、ここに。

青ざめた顔のウィンリィが、建物の壁につかまるようにして立ちすくんでいた。

※

馬車に揺られ、列車を乗り継ぎ、ウィンリィは中央に到着した。

だが遠路はるばるやって来たのに、肝心のエドが捕まらない。電話もつながらないし、定宿にしているホテルにも、軍の司令部にもいない。探そうにも土地勘がない。

——まったく。

「どこをほっつき歩いているのよ」

わざわざ届けに来たのにねぇと、手にしたネジに語りかける。

エドが機械鎧の修理に帰ってきたとき——修理以前の壊れっぷりだったが——うっかりつけ忘れた部品を持って、ウィンリィは大都会をあてもなくさまよっていた。

帰りには、世話になったヒューズの墓にも立ち寄るつもりだ。夫亡きあとグレイシアは無事に元気な女の子を出産し、赤子はエリシアと名づけられたと聞いた。

名づけ親はヒューズだ。便せん三枚にびっしりと綴られた候補のなかから、グレイシアが苦労して選んだという。

父親の愛情がたっぷり詰まった良い名前だと、ウィンリィも思う。

名前といえば、どうして自分は〈ウィンリィ〉と名づけられたのか。もし亡き両親と話ができるなら、そのわけを聞いてみたいとも思う。

ウィンリィはゆったりと包むようなヒューズの優しさに、亡き父を重ねていた。

『すぐ帰ってくるから、いい子に留守番しているんだよ』

まだ幼かったウィンリィの頭をなでで、両親は動乱のイシュヴァールへと旅立っていった。覚えているのは、去りゆく両親の後ろ姿。その大きな背中が遠ざかり、少しずつ小さくなっていくのが無性に悲しくて、ウィンリィは泣いた。

本当は、涙など見せたくはなかった。自分の仕事に誇りをもって出ていくその背中が、とても頼もしかったから。

——すぐ帰ってくる……か。

約束は果たされなかったが、しかし苦しむ人々をひとりでも多く救いたいという外科医の精神は、機械鎧技師となった自身のなかにも息づいている——と思いたい。

もっと思い出を重ねたかった。

もっと長生きしてほしかった。

その心残りを少しでも埋めるために、ウィンリィは毎日花を摘んではふたりの写真に供えた。異郷で命を落とした両親に、故郷に咲く素朴だがきれいな花を見てほしい。

取りとめもないことを考えていると、ふいに通行人の声が耳に飛びこんできた。

「鋼の錬金術師が暴れてるってよ」

「憲兵があちこち走り回ってるぞ」

──もー何やってんのよ！　あのバカどもは！

騒動を起こすか、騒動に巻きこまれているか。エルリック兄弟が毎日をどう過ごしているかというと、たいていこの二パターンだ。

とにかく様子を見に行かなくてはと、足早に人だかりのほうへと歩きだす。

「国家錬金術師の連続殺人犯が相手だって」

そんな不吉な話が聞こえてきて、思わずぎくりとした。

ウィンリィはよく知っている。当たり前だと思っている日常が、本当は当たり前ではないことを。大切な人がある日突然いなくなってしまう、そんなことが起こり得ることを。

早足がいつの間にか駆け足になる。

なんだかとても──嫌な予感がした。

遠ざかる両親の背中と、旅立つエドとアルの後ろ姿がなぜか重なった。

「ごめんなさい、通して！」

野次馬の群れを掻き分ける。危ないよと叫ぶ人々の声を後ろに路地裏に駆けだすと、路面が大きく崩れているのが見えた。錬成のあとだ。

心臓が早鐘を打つ。

戦いの痕跡をたどりさらに路地の奥へと進むと、角の向こうからエドの大声が聞こえる。

良かった無事だと、ウィンリィは安堵した。

思えば、エドとアルはいつもロックベル家に帰ってきてくれたではないか。ウィンリィの心配も不吉な予感も吹き飛ばすように、おうと片手を上げて。でも。

でも――エドは何を言っているのだろう。

「アメストリス人の、ロックベルという医者夫婦に覚えはないか？」

エドが大柄な男に詰問している。そのようすをウィンリィは建物のかげから見守った。

「内乱のイシュヴァールにおもむいて、殲滅戦の命令が出た後も、イシュヴァール人を助け続けた……」

――エドは、何を言って……。

自分は今、どこにいるのか。何を聞かされているのか。まるで狂った方位磁石のように、意識の方角をさだめることができない。

「待って、兄さん！」

アルがこちらを見て言った。ああアルも大丈夫そうだと、ウィンリィは混乱した頭で思う。

「スカー！　てめえを助けて、てめえが殺した医者の夫婦に覚えはないか!!」

「兄さん！」

足がふらつく。ウィンリィはよろけるように路地に躍り出た。

——殺した？

——今、目の前にいる、大きな傷の。

「何……なんの話？　この人が……父さんと母さんを、殺した？　うそ……殺されたって、助けた人に？　あなたが」

父さんと、母さんを。

男は表情ひとつ変えることなく、赤い瞳でじっとこちらを見つめている。違うと言ってほしかった。誤解だ人違いだと、そう言ってくれれば——。

「……否定しないの？」

唇と膝が申し合わせたように震える。足がなえて、ウィンリィは冷たい路面に座りこんだ。

「父さんと母さんが、何したっていうのよ！　殺されなきゃならないようなことはしてないでしょ!?」

涙があふれる。最初のひとすじが流れてしまうと、あとはもう止めようがない。

「返してよ！　父さんと母さんを返してよ！」

ゆるゆると手を伸ばすと、ひんやりと硬いものが触れた。道に倒れていた兵士が落としたものか。

頭のなかに煙が充満するような感覚がして、何も考えられない。ただ、手に触れたこの金属のかたまりが人を殺めるための道具であることは……それだけは理解できた。

　両親の仇だという男に、それを向ける。

「待て、ウィンリィ、やめろ、それはダメだ！」

「ウィンリィ！」

「やめてくれウィンリィ！」

　エドとアルの声がどこか遠くから聞こえる。しきりにウィンリィの名を呼んでいる。

「撃つな、銃を下ろせ！」

　エドの声がして、ああこの金属のかたまりは〈銃〉と呼ぶのだなと思った。

　ウィンリィはこれまで、機械鎧技師としてさまざまな金属を扱ってきた。軽いもの、丈夫なもの、加工しやすいもの。それぞれに特性がある。

　それらをうまく活かすことさえできれば、無機質な金属も誰かの身体の一部になる。身体の一部になるということは、つまり人生の一部になるということだ。だからウィンリィは金属を冷たいもの、寒々しいものと思ったことはない――けれど。

　それに比べて銃はずいぶんと冷たくて、とても重い。

「……あの医者の娘か」

　男がはじめて口を開いた。

「お前には己《おお》れを撃つ権利がある。ただし、撃てばその瞬間に、己れはお前を敵とみなす！」

「てめェ！　ウィンリィに手ェだしてみろ！　ぶっ殺……」

「殺すか！」

男が叫ぶ。

「それもいいだろう！　どちらかが滅ぶまで憎しみの連鎖は止められん！　だが忘れるな！　あの内乱で先に引き金を引いたのはアメストリス人！　貴様らであることを!!」

――父さん、母さん……。

ウィンリィは震える手で銃を持ち直した。憎しみをぶつけるなら、引き金を引くだけでいい。それなのに――ただそれだけのことができない。

「ダメだ、撃つなよ……早く銃を下ろして、ここから離れるんだ、早く！」

エドの声が遠い。

がちがちと合わない歯の根から空気がもれる。銃の重さで腕がしびれる。

「撃てないのなら戦場から出て行け」

邪魔だと言って、男は地面を打つ。ゴリゴリと音を立てて路面が裂け、大きく盛り上がってエドに突進していく。

男の攻撃をかわしながら、エドはこちらに向かって大きく跳んだ。飛び散る破片が額をかすめ、血が噴き出す。

今度はエドが……エドが、危ないのか。
この男は、エドまでも奪おうというのか。
父と母だけでは飽き足らず。
きゅう、と視野が狭まるのが自分でもわかった。
そのとき。
「撃つなあああ！」
エドの声が急に近く、大きくこだまし、視界が鮮やかな赤一色に染まる。
エドの真っ赤なコートが——思いがけず広い背中が、ウィンリィの目の前にあった。

第六章「人造人間《ホムンクルス》捕獲作戦」

頼むから撃つな……撃つなよ……。

銃を握るウィンリィに絶えず声がけしながら、エドはタイミングをはかる。その手から、銃を取り上げなくては。

『撃てばその瞬間に、己《お》れはお前を敵とみなす！』

スカーはたしかにそう言った。ハッタリなどではない。

やると言ったらやるという点において、スカーは正直な男だ。引き金を引いたが最後、躊躇《ちゅうちょ》なくウィンリィを手にかけるだろう。

エドは壁を蹴ってスカーを飛び越え、ウィンリィに走り寄る。

石畳の破片が顔にぶつかっても、エドは目を閉じることなくウィンリィだけを見た。

「撃つなあああ！」

エドの叫びに反応し、ウィンリィの身体がビクリと跳ねる。

今、ウィンリィは瀬戸際にいる。スカーがそうであるように、一度でも手を汚せば殺し殺される復讐の泥沼に沈むことになる。

一線を越えさせてはならない——ウィンリィには。

エドは宙に身を躍らせ、対峙するふたりの間にすべりこむ。

ウィンリィの目からスカーを隠すようにして、背中にかくまう。

眼前に破壊の右手が迫るのもかまわず、後ろ手にウィンリィの手を握り、銃を下ろさせる。

手負いの獣のように荒く息を吐きながら、エドはすべての力を眼にこめてスカーを威嚇《いかく》した。

そのとき。

エドを凝視したまま、スカーはふいに手を止めた。

石像のようにピタリと固まっている。


アルは機を逃さず、スカーの右手を払いのけるように蹴りを放つ。

「早く！　ウィンリィを安全なところへ！」

アルは石畳で無数のブロックを錬成し、追い立てるようにスカーを遠ざけていく。

弟の後ろ姿を見届けてから、エドは銃を掴むウィンリィの手に優しく触れた。

冷え切って、小刻みに震えている。

「ウィンリィ、銃をはなせ」

「撃てなかった……」

ウィンリィはうなだれた。大粒の涙が膝に落ちて、ぼたぼたと弾ける。

「仇《かたき》なのに……」

「撃たないでくれ、頼むから」

エドが懇願《こんがん》するように言う。

「だって、父さんと母さんを殺したんだよ……エドもアルも殺されそうに……」

「お前はさ、リゼンブールで手足の不自由なたくさんの患者を診てるだろ、オレにだって立ち上がるための手と足をくれただろ」

一本、また一本……と、エドの手がウィンリィの指を引きはがしていく。

悲しみと憎しみでこわばった指を、そっと解きほぐすように。

ぬくもりを伝えるように。

「お前の手は人を殺す手じゃない、人を生かす手だ」

エドがもう一度頼むと言うと、コトリと小さな音がして、ウィンリィの手から銃が落ちる。

「うあああああぁ!!」

エドに取りすがって、ウィンリィは幼子のように泣いた。

二度と泣き顔など見たくないと思っていたのに――最悪の形で知らせることになってしまった。大切な人を笑わせることもできない、そんな自身の無力さやうかつさがひどく情けなくて、エドは下を向く。

もしかしたら人は一生のうち何度か、大なり小なりこんな瀬戸際を経験するのかもしれない。行くか止まるか、決断次第でその後の人生が大きく変わってしまうような……エドはふと、そんなことを思う。

エド自身にも経験がある。だが幼かったとはいえ、エドには踏みとどまることができなかった。ウィンリィはよく堪えてくれたと思う。

今もアルひとりでスカーと交戦中だ。あの危険な男をこのまま野放しにはできないと、エドは顔を上げる。

だが、再び戦いの場におもむく前に、ウィンリィを安全な場所へ避難させなくては。

思案するエドの前に、一台の車が乗りつけた。

※

野良犬が路地裏をうろついている。どこにでもいる、痩せて貧相な。

フーがその頭に苦無《くない》を投げつけると、犬はギャァと苦悶《くもん》の声をあげ、見る間に若い男のような姿に変身した。

「くそっ！　なんでわかるんだよ!?」

たまらず逃げ出すエンヴィーと、それを追跡するフーの後ろ姿を横目で見ながら、リンは外見を変えても無駄なのにねえとつぶやく。

リンの刀がグラトニーの頭部を横一線に裂く。輪切りにされた頭からバチバチと錬成光を放ちつつ、グラトニーは血だまりに沈んで動かなくなった。

やはり傷が深いほど、完全に再生するまで時間がかかるようだ。ならば、このタイムラグを利用し捕らえるか。あるいは、内蔵された賢者の石が尽きる寸前まで弱らせるか。そのいずれかだ。

「なあ、そろそろ大人しく捕まってくれないかナ」

リンとランファンがじりじりと獲物に近づく。

ふいに、いまだ倒れたままのグラトニーを踏み越えるようにして、軍服の男が立ちふさがった。

人造人間ではない。明らかに人の気配だ。

「異国の者よ、我が国で勝手は許さん。排除する」

二本の剣をたずさえた、眼帯の——。

素早く肩章を確認する。どこかで見た顔だとリンは思った。おそらくは新聞か何かで。

アメストリス大総統——キング・ブラッドレイ。

そう認識するより早くヒュッと風を切る音がして、眼前にブラッドレイが迫る。

白い刃のきらめきがリンの網膜を刺した、そのとき。

若！ と声がして、ランファンの左腕から鮮血が飛んだ。

「ランファン!!」

盾となった臣下の身体が大きく跳ね、そのまま地面に崩れ落ちる。

黒装束がぐっしょりと血で濡れている。

隙を――逃げるための隙をつくらなくては。

「君たちは何者だ？　目的は何かね？」

ブラッドレイの斬撃を愛刀で受ける。受けた手のしびれに耐える間もなく、さらに次の一撃が襲い来る。

――こいつはだいぶヤバそうだ……が。

やってみないとわからない。

ぶつかり合う刃と刃の間から火花が散る。リンは円を描くように動きながら刀を繰り出した。弱点があるとするなら、眼帯で隠された左目側だ。

「ほう、闘い慣れているな。常に私の死角に回りこむか……」

背後から人造人間独特の気配がして、リンは素早く身をひるがえす。攻撃を空振りしたグラトニーは、そのままブラッドレイのほうへと突っこんだ。

一瞬の隙を逃さず、リンはランファンを担ぎ上げた。力なく落ちた左腕から、ぽたぽたと血がしたたる。

「しっかりしろランファン！　逃げるぞ！」

無駄だと言わんばかりに、体勢を整えたブラッドレイが行く手をはばむ。

「解せんな。その荷物になっている者を捨てれば、君ひとりだけでも逃げきれるだろうに。なぜそうしない？」

——荷物。

荷物と言ったのか。この男は。

「ならば訊くガ、あなたは弱き者や仲間が傷つき、倒れているのを見ても、見捨てることができ……」

できると、ブラッドレイは言った。

「そうして生きてきた。そこになんの躊躇もない」

「あなたは、この国で一番偉い人だナ。王は民のためにある者。民なくして王は在りえなイ」

——キング・ブラッドレイ。

「あなたは真の王にはなれなイ！」

リンが叫ぶと同時に、ランファンが担がれたままの体勢から閃光弾を投げる。

「目に頼りすぎだ、ブラッドレイ！」

走り出したリンの逃げ道をさえぎるように、ブラッドレイの剣が壁に突き刺さる。なぜだと、リンは剣が飛んできたほうを見た。閃光弾で目は封じたはずだ。

「どうした、こちらの目はまだ生きているぞ」

リンは息を呑む。

外した眼帯の、その下から。

ウロボロスの印が浮かぶ左目が、凄まじい怒気をみなぎらせこちらをにらんでいる。

「真の王……と言ったな小僧。なんと青臭い、唾棄《だき》すべき理想論か」

断罪するような力強さでブラッドレイが言う。

「真の王など、この世のどこにもおらぬ！」

瞬間、破裂音が響き、身体を押しつぶすような衝撃がリンを襲う。舞い上がった土埃が煙と交じり合い、あたりが暗くなる。

火の粉をくぐり、煙を突き破るようにして、リンは走った。

走りながら、だいぶ無茶をしたなと考える。

閃光弾に発煙弾、さらには手榴弾。人気の少ない路地とはいえ、街中で炸裂させるにはだいぶ物騒なしろものだ。

だが無茶をしなければ、ふたりとも死んでいた。

この国には、とんでもない化け物がずいぶんといるものだ。

ランファンを担いだまま、リンは路地の奥へ奥へと逃げこむ。作戦の決行にあたり、周辺の地理はある程度は頭に入れてきた。しかし中央《セントラル》の路地裏はちょっとした迷路だ。

「こっちも行き止まりか……」

ランファンの傷は深い。薄暗い路地裏に赤い花びらを散らしたように、血痕が点々と続いている。人造人間を捕らえ、一刻も早く医者に見せなくては。しかし。

――このままでは。

「このままでは……いずれ追いつかれます」

主の心中を読んだかのように、ランファンが言う。

「若……」

「なんだ？」

「左腕が……もう、使いものになりません」

「だからなんだ？」

「もう、戦えません……」

肩に担いでいるため、ランファンの顔が見えない。

「民なくして王は在りえない。しかし王がいなくては、民は行き場を失います」

「捨てんぞ」

――捨てるものか。

「大義のために捨てるものなど、いくらでもありましょう」

肩の上、ランファンがまだ動く右手で懐《ふところ》を探っているのがわかった。

「……何を考えている？　おい」

――馬鹿なことは。

「やめろおおお！」

ランファンを肩から降ろす間もなく鮮血がほとばしり、石畳に赤い花を咲かせた。

※

「貴様、その鎧のなかは空だったな。錬金術によるものか？」

アルの攻撃に追い立てられ、スカーは壁に大穴をあけながら路地から路地へと移動していく。

戦いの場はいつの間にか、列車の操車場へともつれこんだ。

敵と見なせば問答無用。話し合いどころか言葉を交わす余地さえ与えないスカーが、ふいにアルに話しかけた。

「そうだよ！」

アルは短く答えると、錬金術で貯水タンクに穴をあける。勢いよく吹き出した水に足場を奪われたスカーは、機敏《きびん》に跳んでそのまま地面に着地した。

スカーはさらに問いを重ねる。

「哀れな。そのような不幸な身体になってなお、錬金術を信じるのか？」

――不幸。

不幸ってなんだ。

アルは自分が不幸だと思ったことはない。

もちろん、苦しいことも悲しいこともたくさんあった。母が逝《い》ったときは毎日泣いてばかりだったし、人体錬成に失敗したあとは膝を抱えたまま何カ月も動けなかった。ニーナを助けることができず、自身の無力さに打ちひしがれた。ヒューズが命を落としたときは、元の身体に戻れなくてもいいとさえ思った。

広く世の中に目を向ければ、イシュヴァール内乱のように悲劇としかいいようのないできごともたくさんある。

しかし今のアルには兄がいて、ウィンリィやピナコがいて、気にかけてくれる軍の人々がいる。そんな自分は、果たして不幸だろうか。

「たしかにこの身体だと、不自由なことはたくさんある。だけど不自由と不幸はイコールじゃない」

アルはきっぱりと言った。

「哀れに思われるいわれはないよ！」

人の幸、不幸を勝手に決めつけないでくれと、アルは思う。

そもそも錬金術はただ科学技術としてそこにあるだけで、善いも悪いもない。使いかたを間違えるのは、いつも人間のほうだ。けれど錬金術で失った身体なら、錬金術で取り戻すこともまた可能なのではないか。

一縷《いちる》の望みがあるならば、それに賭けてみたい。

アルはゴンと自分の胸を──心臓のあたりを誇らしげに叩く。

兄が錬金術でこの世につなぎとめてくれた命だ。だから。

「ボクは錬金術の可能性を信じてる……信じたい！」

「……では、手加減は必要ないな」

スカーはどこか納得したように言うと、貯水タンクからもれ出た水を錬金術で砕き、水蒸気の幕を作り出す。

「わっ！　しまっ……！」

水の煙幕の向こうからぬっと大きな右手が現れ、アルの目の前に迫る。

「でぇぇぇぇりゃあ！」

威勢のいい雄たけびをあげて、エドがスカーを思い切り蹴り飛ばした。

「兄さん！　助かった！　……ウィンリィは!?」

「大丈夫、安全は確保した。さて」

仕切り直しだと言って、兄がスカーに向き直る。吹き飛ばされたスカーも、それを見て構えを取った。そのとき。

――み……つ……け……。

頭上から異様な声がして、アルたちは一斉に空を見上げる。

「たああ！　イシュヴァール人!!」

空から降ってきた丸いかたまりは、いかにも重たげな音を立てて着地すると、黒目のない眼でスカーの姿をみとめ、嬉しそうに舌なめずりをした。

ぬらぬらとした分厚いそれに、ウロボロスの紋が見える。

〈暴食《ほうしょく》〉の人造人間、グラトニーだ。

腹を空かせたワニのように、グラトニーはしきりに獲物にかじりつこうと飛びかかる。

スカーを狙っているのかと、アルは思った。

スカーは巧みな体さばきでグラトニーの背後に回りこみ、右手の一撃をお見舞いするが、しかし人造人間の再生スピードは破壊の錬金術の威力を上回るらしい。

ダメージを受ければ、たとえ人造人間でもそれなりに痛みがあるだろう。エンヴィーなどはずいぶんと痛がりだ。しかしグラトニーはスカーの攻撃をよけることもせず、真正面からまともに食らいながら、なぜかにやにやと笑っている。

戦いで受ける苦痛より、腹を満たす喜びが勝るのか。

まさに〈暴食〉だ。

グラトニーはスカーの攻撃をものともせず、強烈な体当たりを食らわせると、そのまま力まかせに壁に押さえこむ。

みしりと音がして、スカーが小さく苦悶の声をあげる。

アルは唖然《あぜん》とその様子を見守った。あのスカーがパワーで完全に押し負けている。

「くそっ！　リンのやつ、捕まえるんじゃなかったのかよ！」

スカーを死なせてはいけない。

しかるべきところで裁きを受け、きちんと罪をつぐなうべきだ。

アルが兄と一緒に駆け出すと、マンホールのふたがパカンと弾け、凄まじい勢いで人影が飛び出す。

「リン！」

リンの身体が空高く舞う。

手榴弾のピンを素早く引き抜くと、リンはそのままグラトニーの上に馬乗りになり、大きな口に爆弾を押しこんだ。

グラトニーの喉がごくんと鳴る。

「伏せロ！」

リンが叫ぶのと同時にグラトニーの身体が破裂し、血肉が雹《ひょう》のように降り注ぐ。

「うぇっ!?」

千切れた右腕がアルのすぐ脇をかすめ、上あごらしきものが兄のほうへ飛んでいくのが見えた。四散した身体の一部は瞬く間にチリとなって消え、あたりには何も残らない。

上半身がまるまる吹き飛ばされている。

露出した肉から白い骨が不規則にのぞき、壊れた水道管のようにぴゅうと血が噴き出す。それでもなおグラトニーは倒れることなく、絶妙なバランスを保ちながらふらふらと直立姿勢を保っている。

その血と肉と骨との間に、早くも錬成光のスパークが見えた。

凄惨《せいさん》な光景に、アルは言葉を失う。

「頑丈なワイヤー!」

「おう!」

リンの声で我に返ったエドが、素早く両手を鳴らす。レールで錬成したワイヤーを受け取ると、リンはギリギリとグラトニーを縛り上げた。

「再生力がありすぎるのも困りものだナ」

内蔵した賢者の石を中心に肉が盛り上がり、グラトニーはワイヤーに搦《から》め捕られていく。再生すればするほど、締めつけがきつくなるのだ。

——まさか、本当に。

アルは普段はへらへらとして掴みどころのないリンの、もうひとつの顔を垣間見た気がした。

リンは団子状になったグラトニーを足で踏み押さえ、ダメ押しとばかりに強くワイヤーを引き絞ると、鬼火を宿したような眼でかちどきをあげた。

「捕ったぞ、人造人間！」

※

——見事なり。
ブラッドレイは思わずそうつぶやいた。
自分の意志で口にした言葉ではない。
言わされたのだ。異国から来た者たちの、知恵と覚悟に。
スカー排除のため市中に出向いた先で、ブラッドレイは彼らと出会った。
どうやら彼らは、人造人間の〈中身〉を察知する特殊能力を有しているようだった。
邪魔な——ひどく邪魔な能力だ。
早急に排除しなくては、のちのち厄介なことになる。
路地裏に追い詰めると、異国の青年がブラッドレイに真の王にはなれぬと言った。
〈キング・ブラッドレイ〉は人の世での名だ。
この国の頂点に君臨する者に相応しいと、彼の誕生に関わった医者がそう名づけた。

キングの名を冠してはいるものの、そこに大した意味などない。そもそもこの世に真の王などいない。だから名前など単なる記号にすぎぬ。

親きょうだいの間では、彼は〈ラース〉と呼ばれている。

〈憤怒《ふんど》〉の人造人間だ。

ラースは〈父上〉による計画の後詰めとして、最後に造られた。いわば七人きょうだいの末子だ。

ほかの人造人間とは異なり、再生能力はもたず、人間同様に歳を重ねる。しかし使命の遂行に問題はない。

左の眼球に宿したウロボロス――〈最強の目〉を与えられているからだ。

敵の動きは細大もらさず見切ることができる。この目で、彼はあまたの武勲《ぶくん》を立てた。

アメストリスで起きたできごともそうだ。リヴィエア事変も、カメロン内乱も、二度に亘る南部戦も、イシュヴァール内乱も。そして彼が四十代で大総統の座についたことも、どれも予定通りだ。

生まれてすぐ〈キング・ブラッドレイ〉のレールの上に乗せられ、〈父上〉による計画にそって生きてきた。邪魔だてする者はことごとく〈父上〉が排除した。

障害もないが、選択肢もない。すべてわかりきっていることばかりだ。

だから、ブラッドレイは〈未来〉という言葉を実感をもって受け止めることができない。

しかし人間と接していると、ごくまれに与えられた台本を飛び越えてくる者がある。そうした者に出くわすと、ブラッドレイはこれが〈未来〉というものかと思う。エルリック兄弟やマスタングもそのような部類――これはこれで腹の立つ――だが、あの黒装束の少女も、まさにそうした人間のひとりだ。

スカー追跡は鼻の利くグラトニーに任せ、ブラッドレイは点々と続く血痕を追った。迷路のような路地裏を進むと、少女はたしかにそこにいた。

ただし、左腕のみが。

みずから切り落としたであろうそれが、野良犬の背に括りつけられている。ブラッドレイを見るなり、犬は迷惑そうな顔でクンと鳴いた。

人間というのはどうにも度しがたく、また御しがたい。思い通りにならず腹が立つ。しかしそんなとき、やはりごくまれにだが、ブラッドレイの胸に憤怒以外の感情が混じることがある。

――楽しい。

そう、楽しいのだ。少しだけ。

ブラッドレイがはじめてそのことに気づいたのは、意外と早い。二十代のころ、のちに妻となる女に出会ったときだ。

目の前のいかにも非力そうな娘が、屈強な軍人相手に手をあげるなど想像しておらず、まったく不意を突かれた。
なぜ怒らせたのか――あのときは、たしか。
目鼻立ちの美しさを褒めようとして、誤って尻を褒めたのだったか。
用意されたシナリオ通りの人生のなかで、ただひとつ自身の意志で選んだもの。
それが妻だ。

なぜ、予想外のことが起きると〈楽しい〉のか。
まんまと出し抜かれて、なぜこのような気持ちになるのか。
ブラッドレイ自身にもわからない。わからなくていいのかもしれない。
ただいつになく、心はさわやかだ。
〈プライド〉に話したら、しっかりしてくれと小言を食らうのだろう。
それも予定通りだと思いながら、ブラッドレイはきびすを返した。

※

アメストリスには、機械鎧《オートメイル》という技術があると聞く。
下水道をふらつく足取りで進みながら、ランファンはエドワードの右腕を思い浮かべる。

中央行きの列車内でエドと拳を交えたとき、彼が片腕片足を失っているなどとは思いもしなかった。のちに機械鎧を装着していたことを知り、生身の肉体と変わらず躍動する、その運動性能に内心舌を巻いた。

物質面より精神面を重視しがちな、シンにはない技術だ。

リンはやめろと制したが、左腕を捨てたことに後悔はない。主とはいえ、ときに聞けない命令もある。

敵が血痕をたどってくる以上、左腕を捨てなければ追いつかれていた。グラトニーという人造人間も、匂いを追うことができるようだ。

この国の錬金術には〈等価交換〉という言葉があるという。

人は何かの犠牲なしに、何かを得ることはできない――と。

なるほど道理だと、ランファンは思う。だが迫り来る敵の手から主を逃がし、人造人間を捕らえることができるなら、腕の一本や二本など安いものだ。

もちろん、腕を落とす激痛を想像し、躊躇しなかったわけではない。

まだ動く右手で苦無を取り、舌をかまないよう装束の端を口にくわえた。

視界のすみにゴミを漁る野良犬の姿が見えて、これは使えると思った。

――捨てんぞ。

そう言った主の気持ちが胸にしみて、ランファンは思い切り自身の腕に刃を突き立てた。

しかし腕を失くしても、巻き返し可能な技術がこの国にはある。ヤオ族の戦士として、再び戦線復帰できる芽が残されている。

機械鎧の存在が、ランファンの覚悟を強く後押ししたのはたしかだ。

――キング・ブラッドレイといったか。

あの男は何もわかっていない。

リンの双肩には、ヤオ族五十万人の暮らしがかかっている。

同じ民族とはいえこれだけ数がいるのだから、皇子でも面識がない者がほとんどだ。しかし顔も名も知らぬ者のため心を削り、身体を張れる。リン・ヤオがそういう男であることを、ランファンはよく知っている。

だからもしこの世に〈真の王〉がいるとするなら、それはリンのような人間なのだろうと、強く思う。

ランファンには彼が背負う重荷を取り除くことも、軽くすることもできない。

できることは、ひとつ。

異国では人ならざる者を向こうに回し、祖国では常に暗殺の危険にさらされながら、それでも何でもないような顔をして前に進む主の、その身を護ることだけだ。

「ここなら血の跡も臭いも追えまい……」

グラトニーのあの嗅覚をかわすには、地下水道しかないと判断した。血痕は水に流れ、一石二鳥だ。左肩には主の上着を巻きつけ、応急処置とする。

痛みで目がくらみ、額に脂汗が浮かぶ。

主と落ち合うポイントまで、どうにか歩みを進めなくては。

シンの人間は盟約を守る。

エルリック兄弟と約束したのだから、主は今ごろ人造人間の捕獲に成功していることだろう。限りある命しかもたない人間が、人知を超える存在に打ち勝ったと思うと、痛快さで笑みがこみあげる。

「どうだ。出し抜いてやったぞ、化け物め……！」

※

「約束は守ったゾ。人造人間ダ！」

ワイヤーできつく丸められたグラトニーが、リンの足元に転がっている。

——捕っ……た。

本当に。

エドは呆然としてリンを見た。もちろん、共同戦線を張る以上はリンを信用していなかったわけではない。だがエドにとっては半信半疑であり、いちかばちかであり、ダメもとだったはずの作戦が、本当に――。

驚いたのはスカーも同じだろう。エドが思うに、スカーはある意味で自信家だ。自身の行動や信念に疑問を抱いていない――というより、復讐心のあまり疑問を抱く余裕がないようにも見える。そうでなければ、神の代行者など名乗れない。

そのスカーが、珍しく戸惑った顔つきで周囲の状況をうかがっている。

「事情はわからぬが……裁きを終わらせる」

ゴキリと右手の指を鳴らす音が聞こえ、エドは反射的に構えの体勢をとる。仕切り直しの、さらに仕切り直しだ。

そのとき一台の車が急停止し、拳銃が火を吹く。

「ぬぁああ！」

花火のような発砲音とともに、スカーの身体がくの字に折れた。

銃声のしたほうを見ると、車窓から銃口がのぞいている。助手席にウィンリィの顔が見えて、エドは安堵した。少しだけ顔色が良くなっているようだ。

「早く乗せて！　逃げるわよ！」

「えっ、誰？　……中……？」

ホークアイが駆けつけてくれたことを、アルに知らせていなかったか。

「憲兵が来る。急いで！」

アルと協力してグラトニーを持ち上げ、車の後部座席に押しこむ。続いてリンも車に乗りこむと、ホークアイに向かって仲間を拾ってくれと叫んだ。

リンが乗りこんだのを見届けると、エドはスカーに向き直る。

「捕まえるぞ、アル！」

弟をともない、エドは勢いよく駆けだした。左足から血を流しているスカーの頬を、鋼の握り拳で思い切り殴りつける。

「ロックベル夫妻殺害、その他もろもろ……」

「出るところへ出て裁いてもら……」

うべぇ!?　と情けない声をあげて、突如アルがもんどりを打って倒れた。

弟を蹴り飛ばした小さな人影は、続けざま弾丸のように宙に飛び出し、エドの顎《あご》に強烈な一撃を食らわせる。

「スカーさン！　無事ですカ！」

どこかで聞いたような少女の声だ。スカーに仲間がいたのかと思い、エドは痛む顎をさすりながら顔をあげる。

異国風の服をゆったりとまとった、お団子頭の。

エドとアルと少女と、三人で互いに指をさし合い、あ――！　と叫び声をあげる。

「豆男！」

「豆女！」

「メイ！」

「アルフォンス様！」

エドの腹に、スカーに対するものとは別種の怒りが湧き上がってくる。ここで会ったが百年目、チビ呼ばわりされたいつかの借りを返さなくては。

だがメイはエドには目もくれず、足を負傷したスカーをあたふたと気遣っている。

「いったいどうなってるんですカ、スカーさン！」

「……説明はあとだ」

「状況はよく理解できませんが、ここは退却でス！」

メイは懐から無数の鏢《ひょう》を取り出すと操車場のタンクに投げつけ、さらに足先で地面に錬成陣を描く。メイが術を発動させると陣と鏢が反応し、激しい錬成光を放ってタンクが破裂した。

「うわっ！」

燃料で熱せられた水が大量の蒸気となって吹き出し、エドは思わず目をつぶる。ようやく片目を開いたときには蒸気の嵐が吹き荒れ、スカーの姿を覆い隠していた。

——錬丹術は、遠隔操作での発動も可能なのか。

今日はまさかの連続だ。

「くっ……そ！」

遠ざかるスカーの気配に、エドは奥歯を噛みしめる。ここで取り逃がしたとなれば、瀬戸際で堪えてくれたウィンリィに合わせる顔がない。

行き場のない無念さに、エドは腹の底から叫んだ。

「スカ――ッ!!」

第七章「予兆」

泣く子には勝てぬと、スカーは思う。

先ほどから、メイがめそめそと涙をこぼしている。シャオメイと呼ばれている、あの白黒猫のことだ。

メイの手で操車場から助け出されたスカーは、撃たれた左足を引きずり、今は稼働していない工場に身を隠した。

シャオメイとはその混乱のなかではぐれてしまったのだろう。しゃくりを上げるメイにどう言葉をかけていいかわからず、スカーは早く探しに行ってやれとだけ言った。

あの白黒猫は猫などではなく、〈大熊猫〉という種類らしい。シン固有の大型動物だが、シャオメイは生まれつきの病のため成長できず、仲間の大熊猫にも見捨てられ、野垂れ死ぬ寸前のところをメイが拾ったのだという。

愛らしい生き物だ――と内心では思っているが、スカーは何も言わない。自分のような強面《こわもて》の武僧がと思うと、とても口に出す気にはなれない。

ただ復讐や同胞以外のことで心が動くのは、ずいぶん久しぶりのような気もする。

メイは東の大国シンの出だと言っていた。

空腹で倒れたところを貧民街のイシュヴァール人に救われ、一飯の恩を返したいと言って居ついたのだという。

シャオメイを拾ったときとまるで同じだと言って、メイは笑った。

メイは無口なスカーを相手によくしゃべった。隠しごとなどできないたちなのだろう。地下水道の戦いで負傷し、貧民街に担ぎこまれたスカーの世話をちょこまかと焼きながら、メイはさまざまな話をした。

メイの一族であるチャン族は国内での立場が弱く、ほかの力ある民族に圧され、今まさに存亡の危機にさらされているという。

「不老不死の法を持ち帰って、皇帝陛下の信用を得なければ」

小さな手を膝の上で握りしめ、メイはこの国を訪れた目的を話した。

このような小娘がひとり、ろくに路銀《ろぎん》も持たず、はるばる東の大砂漠を越えて来たというのだから、よほどの事情があるのだろうとは思っていた。責任ある役目を担っているということは、弱小の民族とはいえそれなりの家柄なのだろう。

遠い異国の話とはいえ、故郷を焼かれた経験をもつスカーには、滅びゆく者たちの痛みがよくわかる。

似たような痛みを負うメイに何か言葉をかけるべきかと考えたが、やはりスカーは口をつぐんだ。しょせんは安っぽい同情にすぎぬと思った。

己《おの》れのことはいいと言うと、メイは首を横に振った。

「いいえ、今はスカーさんの治療が先でス」

なぜこうも構うのかと思う。

メイが地面に錬成陣を描き、周りを鏢《ひょう》で囲む。

「弾は貫通していまス。とにかく止血しないト」

「何をする？」

「錬丹術《れんたん》で傷口をふさぎまス」

錬成陣の上にスカーの足を乗せると、メイが術を発動させる。錬成光が薄暗い工場を小さく照らすと、瞬く間に血が止まった。痛みもいくぶんやわらいでいる。

これが、医療に秀でた錬丹術の本来のあり方なのだろう。

その錬丹術を研究していたはずの兄は、なぜ壊すことに特化した破壊の右手を遺《のこ》したのか。

地下水道でも出会ったあの太い男を、エドワード・エルリックは〈人造人間《ホムンクルス》〉と呼んでいた。錬金術によって生み出された人工生命をそう呼ぶと聞いたことがある。本当にそんなことが可能だとすれば、あのような怪物を生み出す錬金術は、やはりイシュヴァラの御心にかなわぬ呪われた文明ではないのか。

人造人間がどのような存在であれ、邪魔をするなら排除するのみだ。

操車場を離れるとき、スカーはあとで事情を説明すると言った。しかしメイは手当てをしただけで、スカーを問い詰めるようなことはしなかった。

「……何も訊かんのか」

「ケガ人はまず、ケガを治すことに専念してくださイ」

メイはおしゃべりだが、こんなときは寡黙《かもく》になる。

無関心でもないが、無理に立ち入りもしない。言葉にすることが苦手なスカーにとって、メイのそうした性格は居心地のいいものだ。

「スカーさんの右腕の入れ墨は、錬丹術と錬金術を合わせたもののようですネ」

メイは目元をこすると、鼻をすんと鳴らして入れ墨に見入った。

ようやく泣き止んだ。

あたりには打ち捨てられた建物特有の、埃とかびのすえたような臭いが漂っている。

今日だけで、ふたりの少女の涙を見た。

――己れが殺した、医者夫婦の。

銃を握る手が震えていた。憎しみに見開かれた眼から、とめどなく涙が流れていた。

「己れも、あんな目をしているのか……」

エドワード・エルリックがあの少女を背中にかばったとき、殺そうと思えば殺すこともできた。しかし足に根が生えたかのように、スカーは動くことができなかった。

兄の面影と重なったのだ。

なりふり構わず少女を守ろうとした鋼の錬金術師と、弟のため国家錬金術師の前に立ちふさがった兄の背中が。

「どこまで行っても、憎しみは憎しみしか生まんのか……」

小さく言って、スカーは右腕の入れ墨に目を落とした。

※

車が揺れるたび、リンは倒れそうになるランファンの身体を支える。

車窓から射しこむ西日が、臣下の額ににじむ汗を夕焼けの色に照らす。その様子をリンは眉を寄せて見守った。

操車場から逃走する途中、マンホールからランファンを助け上げたリンは、そのままホークアイが運転する車で中央《セントラル》郊外の一軒家に向かった。

国軍大佐、ロイ・マスタングが手配してくれた医者は、重傷を負ったランファンを引き受け、自宅を人造人間の一時置き場として提供し、かつ口が堅い――申し分のない人物だという。厄介ごとをもちこむ側としては、申し分がなさすぎて申し訳ないとも思う。

到着したリンを出迎えたのは、ノックス医師の怒声だった。

「腕をぶった切ったまま下水道を歩いただと？　破傷風になっても知らんぞ！」

ノックスは、マスタングとは旧知の医師だという。

マスタングの人柄について、エドはたっぷり十分は悪口を言ったあと『いけ好かねえやつだが、信用できる』とつぶやいた。ならば、ノックスも信頼に足る人物なのだろう。

寝室を手術室代わりとし、ホークアイとウィンリィがノックスの助手についた。

「ふん。最近は死体の相手しかしてないからな、ちと荒っぽいぞ。ねえちゃん、肩を押さえてろ」

リンは居間で待機し、あとから来るマスタングを待った。

隣室からはノックスの怒りにも似た声と、ランファンの苦悶《くもん》の声が絶え間なく聞こえる。

「ちゃんと押さえてろ！　あとはランプ、もう少し手元！」

壁に寄りかかって座りこむリンに、エドがすまんと謝った。

らしくない、情けない顔だ。いったい何がすまないのか、エドが言いたいことはなんとなく想像がつく。

「俺が持ちかけた話ダ。単なる利害の一致で協力したんだから、君たちが気に病む必要は少しもなイ」

共同戦線ならば、リスクも等しく負っている。ランファンの負傷についてエルリック兄弟に非はない。

「不老不死なんて求めるからには、それなりの犠牲は覚悟して国を出てきていル」

――そうだ。

一族の運命を背負うからには、覚悟していたはずだった。

「俺の覚悟が足りなかっタ。俺よりもランファンのほうが覚悟があっタ」

甘かっタと言って、リンは下を向いた。

覚悟とはなんだろうかと、リンは自分に問う。

信念とか勇気とか、そういった大層なものとは違う。

リンが考える覚悟は、なんでもない日常の延長にあるものだ。たとえばみんなで食べた晩飯がうまかったとか、フーのヒゲに寝ぐせがついていたとか、目が細くて目薬をさすのに苦労したとか、そうした他愛ないことの先にある。

覚悟とは、そんな当たり前のことが実は薄氷の上にあると知ることだと、リンは思っている。そしてもし氷が割れたなら、沈んだものを取り戻すため極寒の湖に飛びこめるか。常に頭のかたすみで想像することだ。

そうした小さな心構えを日々積み上げてはじめて、いつか来るだろう決断のときに備えられる。だから積み上げていない者には、いざというとき何も決められない。腹をくくれない。

ふがいない主だ。その積み上げが、自分には足りなかったのだ。

だからランファンは――。

「強い戦士だ」

切れ長の目をした男が、隣室のほうを見て言った。見知らぬ男だ。

「ああ、自慢の臣下ダ……ええっト……」

「アメストリス国軍大佐、ロイ・マスタングだ」

差し出された手を握ると、リンは祖国の流儀で両手を合わせ、自己紹介をする。

「シン国皇帝の第十二子リン・ヤオ。医者を手配してくれて感謝すル」

外交は儀礼と人脈がすべてといっていい世界だ。いずれ皇位を継ぐ身なら、アメストリス国軍大佐とのつながりは決して損にはならない。

「それにしても、人造人間を生け捕るとはな」

「我らがシンに持ち帰るが、その前に必要なことは聞き出してくレ」

隣の物置から、ううううと低いうめきが聞こえる。

グラトニーの声だ。

「こいつらには晴らせないほどの恨みがある。それに、どうやら軍の上層部の一部とつながっているらしい」

――一部。

上層部の、一部だと？

「それどころじゃないゾ！」

リンが鋭く叫ぶ。

「キング・ブラッドレイ！　あいつも人造人間の可能性があル！」

は——？　と、その場に居合わせた者すべてが、鳩が豆鉄砲を食ったような顔でリンを見た。

「眼帯の下……眼球に人造人間の印があっタ!!　そしてグラトニーと一緒になって、俺たちを追い詰めタ！」

そして、あの超人的な戦闘力。

「バカな！」

「この国のトップが人造人間!?」

だが、もし本当にブラッドレイが人造人間なら、ひとつ奇妙な点がある。グラトニーのなかにはたしかに人ならざる者の気配を感じるが、ブラッドレイにはそれがない。気配だけは、ふつうの人間とまったく同じなのだ。

リンがそう言うと、エドは腕を組んで考えこんだ。

「……ちょっと待てよ。大総統には子供がいる」

「そっか。人造人間には生殖機能はないはずだよね」

兄弟の指摘を、マスタングがいいやと否定した。

「息子のセリムは養子だ。大総統には血をわけた実子はいない」

「養子……!?」

立ちすくむエルリック兄弟のかたわらで、マスタングが戦慄《せんりつ》と野心が入り交じった複雑な笑みを浮かべた。

「は！　化け物か人か。なんにせよ、大総統の椅子から引きずり下ろしやすくなったな！」

気を吐くマスタングを見て、リンは思った。

やはり知り合いになれて良かった。

どうやら彼は、自分と同じ種類の人間らしい――と。

※

キング・ブラッドレイは闇に潜った。

アメストリスの地下深く、人の身でいまだたどり着いた者のない底の底。そこがブラッドレイの生まれ故郷だ。

大小の歯車が幾重にも連なって力を伝え合い、地鳴りのような駆動音を響かせている。部屋そのものが巨大な機械のようだ。

その中央にしつらえた玉座のごとき椅子に、ブラッドレイの生みの親――お父様が座っていた。無数の入り組んだ管につながれたまま、ゆったりと書物を開いている。

ブラッドレイがお父様の前に進み出ると、エンヴィーが不満げに舌打ちをした。

エンヴィーが不機嫌なわけには、いくつか心当たりがある。

ひとつめは、スカーに逃げられたこと。

ふたつめは、異国から来た者によってグラトニーが連れ去られたことだ。

憲兵隊が集めた情報から、おおよそのことがわかってきた。グラトニーを運んだのはホークアイであり、彼女が運転する車が中央郊外へと向かったと報告があった。

「グラトニーが連れこまれた場所は、だいたいの目星がついている。迎えに行ってやってくれ」

ブラッドレイが頼むと、エンヴィーは一瞬嫌な顔をしたあと、しょーがないなぁと笑った。

「暴走してなきゃいいけど」

エンヴィーの不機嫌の理由、いまひとつはロイ・マスタングの処遇についてだ。

第五研究所での戦いでエンヴィーは焔《ほのお》の錬金術を幾度も食らい、再生が追いつかなくなるほどの火傷を負わされた。ふだんの若い男のような姿を保っていられず、矮小《わいしょう》な本性をさらすまでに追い詰められ、グラトニーに回収されてようやく一命をとりとめたという、そんなありさまだった。

あの戦いでは、ラストまで失った。

しばらくの間、あのグラトニーが食うものも食わず泣き暮らし、エンヴィーは口を開けばマスタングを殺せと叫んだ。

きょうだいを失えば悲しみもするし、憤りもする。生みの親への愛情もある。

それでも、人間とは相容れない。

ラース——と、お父様が重々しく口を開く。

「なぜ、焔の錬金術師を自由にさせている」

「利用できます」

短く答えると、お父様は身を起こして背中の管をはずし、ゆっくりとブラッドレイに歩み寄った。

めったにない光景に、エンヴィーが目を丸くしてお父様を見つめる。

「使えるのか？」

「扉を開けさせてみましょう」

ブラッドレイは、ロイ・マスタングが何を目指しているのか知っている。

イシュヴァール内乱が終戦を迎えた日。誰もが安堵の表情を浮かべるなかで、こちらを刺すような眼で見上げていたのは、彼ひとりだけだった。

しかしマスタングは優しすぎる。欲するものを手に入れるため、非情に徹することができない。それが彼の強さであり、同時に弱点だ。

ならば――。

お父様は満足げな笑みを浮かべ、任せたぞと言って部屋を去る。

その後ろ姿を見送ったエンヴィーは、ブラッドレイに向き直ると、また不満げに舌を鳴らした。

※

ランファンの手術は無事成功し、容態は峠を越えた。

やはり心身ともにタフなやつだと、エドは思う。列車内で一度戦っているが、ランファンは粘り強い戦い方をする。ダメージを最小限におさえながら、あの手この手を繰り出してくる。そんな人間が簡単にくたばるはずがない。

「大丈夫?」

アルが心配げにのぞきこむと、ランファンはかすれた声で機械の腕……と言った。

「……腕がなくなってしまったかラ……代わりの腕が必要なんダ……」

エドがいい技師を紹介するぜと答えると、ランファンは淡く微笑んだ。

ふつうなら、もう二度とこんな思いはごめんだと思うところだ。それでもランファンは、激しい痛みに耐えながらもう次の戦いを見据えている。この強靭さはどこから来るのか、エドは心の内で脱帽した。

ドアが開く音がして振り向くと、黒装束の老人がたたずんでいる。

「フー爺さん！」

エンヴィーを追っていたフーが孫の負傷を聞き、ノックス家に駆けつけたのだ。

フーは兄弟には目もくれず、一直線にベッドに歩み寄ると怒りからか眉を震わせた。

「腕をなくし、若に助けられ、この有様か……」

部屋中に鳴り響くほど音高く、フーはランファンの頬を打った。

「おい、なにすんだ！」

ノックスの制止も耳に入らないようすで、フーは激高した。

「お前それでもヤオ家に選ばれし一族の者か！」

「やめろ爺さん！　ケガ人だぞ！」

……いのか……。

フーはふいに片手で顔を覆うと、震える声で言った。

「……腕……ないのか……」

「ごめんなさい、爺様……ごめんなさい……」

バカ者……バカ者……と繰り返しながら、フーは孫娘の左の袖を握りしめ、その場に崩れ落ちた。

※

エドが居間に戻ると、テーブルの上に見慣れない道具が並べられていた。ノックス家の居間で、ホークアイが銃の手入れをしているのだ。ブラシやガンオイルに混じって、どこをどう掃除するのか想像もつかない、謎の道具もある。

操車場でスカーを撃った拳銃だろうか。手際の良さに、エドは思わず目を見張る。

疲れ知らずのアルが寝ずの番を買って出た。ノックス家の玄関前に立ち、追手が現れないか見張っている。

隣の物置でグラトニーの監視にあたっていたリンは、昼間の疲れからかすっかり眠りこんでいた。人造人間の横で寝られるとは、その肝の太さにエドは半ば呆れ、半ば感心した。

「大佐は？」

「軍に戻ったわ……たぶん大総統のことで頭がいっぱいだと思う」

エドは、ホークアイの器用に動く指先を見つめた。

「……中尉はさ、それ、重荷に思ったことないの？」

恐くは――ないのだろうか。

指先ひとつで、誰かの人生を奪ってしまうかもしれない道具だ。

ウィンリィは撃たなかった。

撃てなかった――と言っていた。

ウィンリィが銃を手にしたとき、エドは心底嫌だと思った。軍籍にいるから銃は見慣れているし、いつかは使うかもしれないと思っていたが、急にそれが恐ろしいものに見えた。

何より、ウィンリィを人殺しにしたくなかった。

しかし、大切な人を守るために、別の誰かを殺めなければならないとしたら――。

覚悟とはなんだろうかと、エドは自分に問う。

信念とか勇気とか、そういったものとは少し違う気もする。

エドが考える覚悟とは、探求し続けることだ。もてる知識と行動力を総動員し、ときに発想を変えながら。

誰も犠牲にすることなく、あの日もっていかれたものを取り戻すと誓った。ならば、その方法を諦めずに探し続けることだ。探し出せるかどうかもわからない。そんな方法はないのかもしれない。だが、今の自分には、そんなことしか思いつかない。

しかしいくら〈殺さない覚悟〉を振り回したところで、現実は圧倒的で、非情で、容赦ない。

ましてエドは国家錬金術師だ。いつ人間兵器として召集され、人殺しに加担させられるか。

――恐い。

とても、恐い。

リンは自分には覚悟が足りなかったと言って、肩を落としていた。

オレも同じだと、エドは思う。

ホークアイは、いざというときはいつでも引き金を引く覚悟をもって銃を携帯しているのだろう。その覚悟に行き着くまでに、どれほどの苦悩があったのか。

手を止めることなく、ホークアイが静かに口を開いた。

「私には、重いとか、今さら言う資格がないもの」

「なんで?」

資格がないと、ホークアイは言った。重荷に感じているのはたしかなのだろう。

「過去に人の命をたくさん奪ったから……そしてこの道を行くって決めたのも自分だから」

「人の命って……イシュヴァール人?」

そうよと言って、ホークアイは銃身を布で拭った。

「イシュヴァールの話……訊いてもいいかな」

エドは遠慮がちにホークアイを見た。

マスタングはイシュヴァールのことになると口が重くなる。大変な激戦だったというから、思い出したくないことかもしれない。

だが、ホークアイなら話してくれそうな気がした。

「ウィンリィの両親のことも、スカーのことも、内乱の発端になった子供の射殺事件も。知らないことばかりで、自分の無知さにほんと参る」

スカーがなぜ国家錬金術師ばかりを狙うのか。その動機を知ったとき、エドはくだらねぇと切り捨てた。

『関係のない人間を巻きこむ復讐に、正当性もクソもあるかよ』と、そう言った。

幼稚だった——と思う。

正当性がないという考えは今も変わらないし、スカーは話し合いができるような相手でもない。しかし復讐鬼を生み出してしまった背景もろくに知らず、感情のおもむくまま放った言葉には違いない。

ロックベル夫妻の死についてもそうだ。

身内も同然の存在であるウィンリィの、その両親がイシュヴァールで命を落としたのだ。ならば、エドにとっても他人ごとではなかったはずなのに。

銃を手放して、ウィンリィは号泣した。人間の目からあんなに涙が出るものかと思った。

ウィンリィはいつも明るい笑顔の下に、ずっと悲しみを抱えていたのだ。気づくことができなかった鈍感さが、支えてもらうばかりで何も返せないことが——エドは情けなくて、そしてひどく腹が立った。

だから。

イシュヴァールで何があったのか、知るべきだと思った。

そうでなければ、ウィンリィの葛藤や痛みに寄り添えない気がした。

ホークアイは銃の手入れを終えると、いつもの淡々とした口調で話しはじめた。

「私がイシュヴァール殲滅《せんめつ》戦に関わったのは、士官学校の最後の年だった……」

士官学校生は卒業年次に、実地訓練として戦地に送り出されることになっているという。

東部の学校に在籍していたことと、現場の圧倒的な人員不足もあって、ホークアイはイシュヴァールに配置された。

「そのままズルズルと、戦地の奥に引っ張られて行くことになったわ——」

第八章「イシュヴァールの記憶」

スカー――そのころは〈傷の男〉ではなかった――に見つかると、兄はいつも悪戯《いたずら》がばれた子供のように苦笑した。

兄の姿が見えず、探しに行くと案の定である。四、五人の仲間と額を突き合わせて、秘密の勉強会を開いていた。

スカーが部屋に踏みこむと、兄の勉強仲間が警戒するような目つきでこちらを見た。議論の最中だったようだ。

床いっぱいに広げられた書籍や巻物には、不思議な紋章や図形が描かれている。なかには端を糸で縫《ぬ》いとじた、見慣れぬ装丁の書物もあった。

「また錬金術か!」

この時世にと、無性に腹が立った。

多くのイシュヴァール人がそうであるように、スカーはアメストリスにいい感情をもっていない。この地を吸収、併合した彼らがイシュヴァラ教を容認したのは、異民族統治を容易にするための建前にすぎない。第一、民族の支柱である教えを守っていくのに、なぜアメストリスの許可を得る必要があるのか。

そもそも、罪なき子供を撃ち殺して内乱を引き起こしたのはアメストリスだ。

そのうえ錬金術とは——。

錬金術は、あるがままでよいものを人為的に変成させる。創造神イシュヴァラへの背信行為ではないかと、スカーは考えている。

イシュヴァールは見渡す限り砂と岩の大地だ。乾燥しやせた土地に植えられる作物は限られている。水が乏しいから産業も育ちにくく、交通の拠点にもなり得ないし、たいした資源が出るわけでもない。

しかしその過酷な土地柄とイシュヴァラ教の厳しい戒律が、精強なイシュヴァールの民を育てた。スカーはそのことに誇りを抱いている。誇りゆえに、その目にはアメストリスの文物が邪《よこしま》なものに映る。

ところが兄は、これは研究しがいがあると言って一向に改めようとしない。他国の文化を積極的に取り入れ共栄すべきだと、その一点張りだ。

「特にシンの錬金術は、地中の〈竜の脈〉なる力の存在を重く見ている。地神イシュヴァラと近いものがあると思わないか？」

寡黙《かもく》な弟に対し、兄は弁が立つ。

「不思議な縁だ。せっかく縁があるんだから、もっと知る努力をすべきだ。そうすればもっと理解し合える」

スカーの疑問や批判について、兄はひとつひとつていねいに説明していく。大きな声をあげたり、責め立てたりすることもない。しかし自分とは正反対の資質をもつ兄を尊敬する一方で、こうしてケムに巻かれるのは気に入らない。

「一は全、全は一といってな。小さな一が集まって、世界という大きな流れをつくる。だから負の感情が集まれば、世界は負の流れになってしまう。逆に正の感情を集めれば、世界を正の流れにすることもできる……私はそう解釈している」

——世界の大いなる流れを知り、正しい知識を得たい。

兄は錬金術を学ぶ意義を説いた。

反論する言葉をもたず、スカーは溜息だけを置いて部屋を出た。

幼いころから無口で腕っぷし一辺倒だった弟とは異なり、兄は穏やかな学者肌の少年だった。身体を鍛えるより、読書や対話を好んだ。

その聡明な兄がどうして。

こうも、言葉が通じないのか。

墓地で老婆が泣き崩れているのが見えた。身内を——おそらくは戦闘で我が子を失ったのだろう。アメストリス兵を大勢で私刑にかけてやったと、自慢げに話す男の声も聞こえてきた。

道を少し歩いただけで、このありさまだ。

これが現実なのだ。こんな荒んだ世の中で、理解し合えるなどとはとうてい思えない。スカーには兄の言葉が夢物語を通り越して、空疎《くうそ》にすら響いた。

兄は錬金術の研究を続け、溝は埋まらぬまま数年がすぎた。

近隣の激戦区が陥落したという知らせを、スカーは信じられない思いで聞いた。善戦していたはずだ。

内乱勃発から七年、地の利を活かしながら国軍を相手に粘りに粘り、長らくもちこたえてきた要害が。

たった一日――いや、半日ともたずに。

アメストリスが国家錬金術師を投入したことで、戦況は明らかに変化した。

イシュヴァールは慣れさえすれば暮らすに困らないが、決して恵まれているとはいえない土地だ。軍事力も物資も、アメストリスに比べればたかが知れている。そのイシュヴァールのどこに、七年もの間戦えるだけの体力があったのか。

南のアエルゴだ。

隣国アエルゴが、アメストリスの弱体化を狙いイシュヴァールに武器と資金を提供したのだ。スカーが暮らす地区にも大量の銃が支給された。アエルゴ軍の刻印は消されていたが、見る者が見ればどの国の制式銃か即座にわかるはずだ。

政治的な意図があるにせよ、敵の敵はひとまず味方だ。アエルゴの支援は、イシュヴァールの民にとって心強いものだった。

だがその補給路も断たれ、国軍に在籍していたイシュヴァール人が粛清《しゅくせい》されたとの噂が流れた。

全滅、壊滅、陥落、敗走――。

人々の口の端にのぼるのは、そんな単語ばかりだ。

毎日毎日、悪い知らせが次々と入ってくる。

イシュヴァールの市街地は迷路のように入り組んでいる。武僧をはじめ戦闘要員はみな、土地勘を活かしたゲリラ戦を得意としていた。

そこで国家錬金術師は街なかに無数の壁を築き、住人の避難路をふさいで一網打尽にする作戦を展開した。逃げ場を失った老人や女、子供までもが、壁の前で容赦なく銃殺されたという。

知らせを聞いたスカーは口を真一文字に引き結び、爪が白くなるほど拳を握りしめた。

恐怖と憎しみがどろどろに溶け、血管を這《は》い回るのがわかる。

こうなってはもう、戦争ですらない。

一方的な殺戮《さつりく》ではないか。

ほどなくして、スカーは南に逃れたはずの師父に再会した。アエルゴとの国境が封鎖されたため、今度は寺院の仲間とともに南の山間部へ向かうという。

アエルゴはイシュヴァールに武器を与え、争いを煽《あお》っておきながら、旗色が悪くなると見るや避難者の受け入れを拒否したのだ。

「イシュヴァールの民は、紛争の道具として使い捨てにされたも同然なのだ」

師父は疲れ切った顔で言った。

スカーは憤り、そして呆れた。

一度でもアエルゴに感謝した、自身のお人よしぶりに。

どうかご無事でと言って、スカーは去り行く師父を見送った。

これが今生の別れになるかもしれぬと、唇を噛む。

坂道を転げるように事態が悪化するなか、兄の研究に期待を寄せる者たちが現れはじめた。

国家錬金術師に対抗しうる力を見つけだすかもしれないと、彼らは口々に言った。

力を超える力で、アメストリスに報復する方法を――と。

それ見たことかと、スカーは思う。

いくら人の幸福のためにと願っても、世間はそうは見てくれない。

グンジャ地区が陥落し、カンダ地区にも国家錬金術師の手が迫りつつあった。

スカーは武僧だ。イシュヴァラの名において、前線におもむくつもりでいた。

しかしその前に兄を……家族を安全な場所に退避させなくては。

「兄者、すぐ近くまで国軍が来て……!?」

部屋に駆けこむと、兄はふだんと変わらない、大量の書物に埋もれたままの恰好でスカーを迎えた。

両腕には。

「なんだ、その入れ墨は!?」

ああこれかと、兄はいつもの調子で言った。

「錬金術の基本は、理解、分解、再構築だ。この右腕が分解で、左腕が再構築……」

「何を」

——何を言っているのか。

この期に及んで、まだ神に逆らう研究を。

「東の大国シンでは錬丹術《れんたん》というらしい。その研究も取り入れて私なりにアレンジした……」

「そんなものはどうでもいい！　国軍が……！」

そのとき、スカーの怒鳴り声を掻き消すように爆音が響いた。

「……攻撃が、はじまった……」

※

国家錬金術師による一撃が、殲滅《せんめつ》開始の号砲のごとく鳴り響いた。

「兄者！」

土埃を巻き上げて弟が駆けてくる。何組かの家族が集まるなか、兄弟は互いの顔を見つけると安堵の溜息をついた。

「無事だったか……！」

「ああ、大丈夫だ」

弟は勇猛なイシュヴァールの武僧だ。ここにたどり着くまでに、幾人かのアメストリス兵を倒してきたのだろう。拳の皮がささくれ立ち、わずかに血がにじんでいる。

いざというときのため、あらかじめ決めておいた集合場所で兄は弟と落ち合った。

一冊の本を差し出すと、弟は怪訝《けげん》な顔をした。

「私の研究書だ。持って逃げてくれ」

「ちょっと待て、自分で持って逃げればいいだろう」

持ち出すことができたのは、この一冊だけだ。自分の身にもしものことがあれば、これまでの研究が無になってしまう。

だがこの本さえ残れば、のちの研究者が志を引き継いでくれるかもしれない。あとからやって来る人々の踏み石となることができれば、ここまで積み重ねてきたかいもあると、兄はそう考えた。

背を糸で縫いとじたそれを、弟の懐《ふところ》にねじこむ。

「お前は厳しい修練を積んだ立派な武僧だ。お前のほうが生き残る確率は高いだろう」

見ろと、兄は自身の足を示す。

「戦いに放りこまれたとたん、足の震えが止まらない……情けない兄だ」

そのとき――。

弟の目が建物の屋根に釘づけになった。つられてそちらを見ると、こちらを見下ろす人影がある。

「国軍兵か……!?」

弟が身構える。だが兵士のような軍帽はかぶっておらず、上着も着ていない。

男はゆっくりと両腕をひらき、見せつけるように手のひらをこちらに向けた。

――錬成陣!?

男が屋根に手をつくと同時に、建物の壁に蟻地獄のような穴が連なり、こちらに押し寄せてくる。そのすり鉢状の破壊痕が地面に到達すると、足元が焼きたてのパンのようにひび割れ、大きく盛り上がった。

わけのわからない衝撃が、有無をいわさぬ力で突き上げてくる。

「伏せろ！」

思わず駆けだしていた。先ほどから震えの止まらなかった足が、どうしたわけか動いた。

激しい揺れに足を取られないよう、つま先に力を入れ踏ん張る。

弟を背中に隠すように、兄は前に飛び出す。

少しでも、あの国家錬金術師から弟を遠ざけたかった。

内臓を震わせるような地鳴りは大音響へと変わり、耳をつんざいて——。


素晴らしい、素晴らしい——と、遠くで誰かの声を聞いたような気がして、兄は意識を取り戻した。

瓦礫《がれき》の山と舞い立つ粉塵から、よろよろと身を起こす。

助かった、のか。

振り返ると竜巻が通ったあとのように、破壊のあとが彼方にまで続いているのが見えた。

残骸の間からは、同胞たちの手や足が飛び出している。

弟は。

弟は無事か。

額がざっくりと裂けて、顔中が真っ赤に染まっている。

「……しっ……かりしろ……死ぬな」

――右腕が。

右腕がない。

「腕は……私の弟の腕はどこだ……くそっ、血が止まらん……誰……か」

腕が見つかれば、錬丹術でつなぐこともできるのに。

誰か――。

手を伸ばしても、応える者はない。

自身の両腕の、びっしりと彫りこんだ入れ墨が目に入った。

分解の右腕と、再構築の左腕。

「生きろ、死んではいけない……」

生きろ――。

兄の手から放たれた錬成光が、弟の右肩を包んだ。

※

右足を血で染めた男が、やはり血まみれの白衣を着た医師に食ってかかった。

「なんでアメストリス人がここにいる！　敵の治療なんざ受けられるか！」

シャンもかつてはこのようなひとりだったから、男の気持ちがわからないでもない。

このカンダ地区にアメストリス人の医者夫婦がやって来たと聞いたときは、決して世話になどなるものかと思った。

水差しを投げつけられても男性医師――ロックベルは気にする様子もなく、消毒槽で手を洗いながら言った。

「私は治療する気満々なんだがな。さあ足を出して！」

「さっさとイシュヴァールから出て行け！」

「ここから患者がいなくなったらな」

「この偽善者め！」

偽善でけっこうと、ロックベルはきっぱりとはねつけた。

「やらない善より、やる偽善だ！」

シャンがここに担ぎこまれたときも、ロックベルはまったく同じことを言った。

爆発で飛散した瓦礫が直撃し、シャンは右目を失った。

それ自体は致命傷ではなかったが、なにせ高齢だ。適切な処置を受けなければ、感染症で命を落としていたかもしれない。

ロックベル夫妻は、特に子供の治療に熱心だった。

一度だけ、妻のサラが涙をこぼしたことがある。

「うちには同じくらいの娘がいるのよ……！」

絶対に死なせないからと言って、幼い患者の胸を圧し続ける。

――娘の名はたしか。

ウィンリィといったか。

やがて回復したイシュヴァール人のなかから、診療所を手伝う者が現れはじめた。人々をへだてるものを越えて、救いの輪が広がる。シャンもまた、その輪をつなぐひとりとなった。

子育ての経験はそれなりにある。子供の相手をする程度だが、それでも夫婦は助かると言って笑った。

老いぼれにもできることがある。そう思うと、やはり嬉しいものだ。

イシュヴァール人による診療所への嫌がらせは絶えず、シャンはよくそんな輩を叱った。イシュヴァールには老人を人生の先輩として敬う文化があるから、シャンの説教はなかなかの効果をあげた。

洗濯済みの包帯が、泥の水たまりに打ち捨てられていたことがある。

ほどなくして見つかった犯人らをシャンは診療所に招き入れ、夫妻の働きぶりや患者の苦しみよう、喜びようを見せた。

もてる技術を人々のために役立てることと、それを邪魔だてすること。

果たしてどちらがイシュヴァラの御心にかなうおこないか。よく考えろと説諭《せつゆ》した翌日から、犯人らは率先して夫妻を手伝うようになった。彼らは今、診療所に欠かせない貴重な働き手となっている。

イシュヴァール人とアメストリス人がともに働く姿に、シャンはいつか内乱は終わると、ほのかな望みを抱いた。

医薬品のたぐいは、夫妻の志に共感するアメストリスの行商人が幌《ほろ》馬車に乗せて運んできた。

「すまんね……。東は今、慢性的に医療器具が不足していてね」

「せめて、もう少し麻酔があれば……」

先生と、行商人が声をひそめた。

「軍による大粛清がはじまるらしい。ここもそろそろ危ない。乗せてってやるから、逃げよう。先生は十分よくやったよ」

ロックベルは首を振る。

「〈よくやったから終わり〉……なんてならないんだよ。ここには、こんなにもたくさんの患者がいる」

「ごめんなさい、ありがとう」

サラが頭を下げると、行商人は泣き笑いのような顔になった。

「そうかい……。先生、くれぐれも自分の命も大切にするんだよ」

シャンもまた夫妻の身を案じ、帰ってはどうかとうながしたことがある。何より、故郷には両親の帰りを待つ子供がいるのだ。

シャンがそう言うと、サラはにっこりと微笑んだ。

「私たちアメストリス人がいるとわかれば、国軍もここを標的にしないでしょう」

「でもウィンリィに怒られるかな。すぐ帰るって約束したのに」

「何、言ってるの。患者を置いて帰ったなんて言ったら、それこそウィンリィに怒られるわよ」

そうかいと、シャンも淡い笑みを返す。きっとウィンリィも強い娘なのだろうと、そう思ったとき——。

遠くで、また何かが爆発する音が聞こえた。


寺院が爆破されたとか、カンダ地区で国家錬金術師を見たとか、シャンのもとにはたしかめようのない情報しか入ってこない。しかし、戦況が大きく悪化したことは肌で感じた。

明らかに患者の数が増えている。

ロックベル夫妻は治療を終えたそばから人々を退避させ、みずからはその場に留まり続けた。

ほどなくして。

診療所にひとりの武僧が担ぎこまれた。

右腕に見たこともない入れ墨を刻んでおり、顔じゅう血でびっしょりと濡れていた。

ロックベルは手早く止血すると、すでに残り少なくなった糸で額と腹の傷を縫い合わせる。

人手も薬品も不足し、これ以上は手の施しようがないのだろう。シャンは民族のために戦ったこの武僧が助かるよう、日々イシュヴァラに祈りをささげた。

武僧は数日と経たず意識を回復した。

うっすらと目を開いた、その顔をのぞきこむ。包帯に隠れ顔はわからない。

よく生きのびてくれたと、シャンはイシュヴァラの加護に感謝した。

――あにじゃ。

かさかさに乾いた唇で、武僧がそうつぶやいたように聞こえた。

横たわったまま、ゆっくりと右腕をあげる。

ロックベルが動かないでと声をかけたとき。

「な……ん……なんだこれはああああ!!」

武僧の引き裂くような雄たけびに、シャンは思わず後ずさる。喉を裂かんばかりの、けだものじみた——人間からあんな声が出るものかと思った。

「鎮静剤！」

「さっきの患者に使ったのが最後で……！」

武僧が低くうなる。血を吐くような声だ。

「国家錬金術師……アメストリス人……貴様ら……」

——貴様らに。

武僧は血の涙を流しているようにも見えた。

手近な刃物を掴み取り、夫妻に斬りかかる。

シャンはとっさに、その場にいたトトを抱きかかえた。

「ロックベル先生！」

誰かが警告の声をあげる。

——どれほどの時が経ったか。

シャンがおそるおそる顔をあげると、床といわず壁といわず鮮血が飛び散り、夫が妻をかばうようにして折り重なって倒れていた。

べちゃり。

粘ついた水音を立てて、武僧がのろのろと歩き去る。

戸口の外へ、赤い足跡がどこまでも続いていく。

イシュヴァラの御許《みもと》に召されても、この日のことは永遠に後悔し続けるだろうと、シャンは思う。

〈あれ〉を止められなかったことを――。

ロイ・マスタング

指先ひとつで火柱があがる。

砦に立てこもっていたイシュヴァール兵が熱と炎に巻かれる。たまらず飛び出した兵士をさらに炎で包囲して殲滅し、生き残りはしらみつぶしに焼き殺す。

その繰り返しだ。

「人間業じゃねえって」

「化け物だ」

一般兵の話し声に背を向け、ロイ・マスタングは次の地区へと向かう。

焔《ほのお》の錬金術は大火力による広範囲の制圧も、精密な撃ち分けによる各個撃破も可能とする。

いわば自律する大砲であり銃でもあるから、人間兵器とはよくいったものだと思う。

ひとつの砦を落とすのに一日とかからない。

合間を縫って、マスタングは人体実験の任務にあたった。

火傷と苦痛が人体に与える影響を調べるためマスタングが焼き、軍医のノックスが解剖する。捕らえたイシュヴァール人を使って——だ。

人が焼けると空気中に脂肪が飛散し唇のあたりがベタついてくると、このときに知った。

いつか、ノックスが虚ろな目でこう言ったことがある。

『俺は医者なのに、なんで人殺ししてんだ？』

野営テントで一服する気にもなれず、マスタングは仲間のもとを離れ、荒れ地へとやって来た。

瓦礫に腰をかけ、重い溜息をつく。

ひどく疲れた。

あたりには敵味方を問わず——イシュヴァール人のほうが多い——無残な屍《しかばね》が転がっている。この砂礫《されき》の大地は、どこもかしこも死体だらけだ。

軍は本当に、イシュヴァール人を最後のひとりまで殺し尽くす気か。

内乱鎮圧と東部の安定化が目的にしては、不可解なことが多い。イシュヴァールにはこれといった資源もなければ、商業的な価値も乏しい。シンとの交易拠点にするにしても、焼き払ってしまっては旨みがない。

軍備は浪費で、買うのは恨みばかり。

まして西と南で緊張が増しているこの時世だ。メリットがないどころか、軍にとってイシュヴァール殲滅戦はむしろリスクでさえある。

一九〇八年、七年に及ぶ内戦に決着をつけるべく、キング・ブラッドレイは〈大総統令三〇六六号〉を発令。大勢の国家錬金術師が人間兵器として戦場に送りこまれた。マスタングもそのひとりだ。

焔の錬金術は、師のホークアイから譲り受けた。

正しくは、そのひとり娘を介して。

師は才能豊かな錬金術師だったが、軍事政権におもねることを嫌い、ついに国家資格を取得することなく、研究の完成直後に倒れ、極貧のうちに逝《い》った。

師ほど優れた人物が、荒れ果てた屋敷でくすぶっているのは見るに堪えず、マスタングはずいぶん心を痛めたものだが――。

『やはりまだお前には〈焔の錬金術〉は早いな』

師はそう言って、落ちくぼんだ目で軍人になったばかりのマスタングを見た。

力は正しい方向に使えと、そうも言った。

マスタングはその手で誰かを守るために軍人を志し、錬金術を学んだ。軍のためになることが人々のためになると信じ、国家資格を得た。しかしこうして人間兵器として戦地に駆り出された今、改めて師の言葉が重く響く。

「ロイ！」

ふいに、親し気に呼びかける声がした。

旧友の瞳が、眼鏡の向こうで人懐こく笑っている。

「ヒューズ、お前も来てたのか！」

「久しぶりだな、ロ……今はマスタング少佐か」

「正しくは少佐相当官だ。実際は大尉と同じ権限しかないよ」

立ち上がって軽く拳を交わす。

マスタングの力ない微笑みを見て、ヒューズが言った。

「お前……目つき、変わっちまったな」

「そう言うお前もな。……人殺しの目だ」

ああとうなずいて、ヒューズもまた苦い笑みを浮かべた。

「懐かしいような気もするし、ついこの前のような気もするよ。士官学校で目ぇキラキラさせてよ。この国の未来についてみんなで語り合ったたっけな」

「あー、あったあった」

〈美しい未来〉を夜通し語りあった。翌朝、寝不足のまま講義に出席し、居眠りをしては罰としてあちこち走らされたものだ。むろんヒューズも。

「その未来に、こんなのは含まれてなかったよなあ」

旧友との思い出話は楽しく、そして苦い。

ふいに――この屍だらけの荒野で何かが動く気配を感じた。

背後から異様な殺気を感じ、マスタングはとっさに振り向く。

――イシュヴァール人！

死体の山に潜んでいたのか。男が大きくナイフを振りかぶる。

手袋――手袋をしていない。

最悪の事態を覚悟した瞬間、ゴッと嫌な音がして、男が頭から血を噴き出し倒れた。

やや遅れて、遠くから銃声が響く。

銃撃を警戒し物かげに身を潜めるマスタングに、ヒューズは大丈夫だと言って遠くの監視塔を見上げる。

「俺たちには〈鷹の眼〉がついている」

「……鷹の眼？」

「あぁ、まだ無名の狙撃兵だ。士官学校生だけど、なんせ腕がいい」

——あの距離からか。

「そんなヒヨッ子まで引っ張り出しているのか……」

日が落ち、キャンプ周辺に焚火の灯がともりはじめたころ、マスタングは〈鷹の眼〉に出会った。

正確には〈再会した〉だ。

「お、いたいた。さっきは助かったぜ」

火にあたり、飲み物を口に運んでいた狙撃兵に、ヒューズが気さくに声をかける。

立ち上がった彼女の顔を見て、マスタングはひどく驚いた。柔らかなショートヘアに、まだあどけなさの残る顔立ちの――。

「お久しぶりです、マスタングさん。……今はマスタング少佐とお呼びするべきでしょうか」

ああと、マスタングは心の内で嘆息した。

――この女《ひと》も、人殺しの目になってしまった。

忘れもしない。師の娘……リザ・ホークアイだ。

死期を悟った師は、焔の錬金術の秘伝を娘のリザに託した。そしてマスタングがそれを伝えるに相応しい者か、見極めることも。

焔の錬金術は最高最強、そして最凶にもなり得ると、師はそう言っていた。大きな力は、使い方次第で人を幸にも不幸にもすると。

教えてください少佐と言って、リザはこちらを見た。

「人に幸福をもたらすべき錬金術が、なぜ人殺しに使われているのですか」


なぜですか。

なぜこんな戦いを続けねばならんのですか。

子供の遺体を抱きしめて、アームストロングがそう叫んだことがある。敵味方問わず、イシュヴァールで戦う者の多くが抱く問いだろう。

この地には、人の数だけ〈なぜ〉と〈なのに〉が渦巻いている。

なぜ戦う、なぜ殺す、なぜ殺される。

医者なのに、錬金術師なのに、軍人なのに。

仕事だからと答える者もあれば、死にたくないからと返す者もあった。出世のために殺す者もいれば、答えがみつからないまま銃を取る者もいる。

軍令に背いたアームストロングは間もなく中央《セントラル》に戻された。いかつい見かけによらず、心優しく繊細な男だ。すでに精神は限界に近づいていたのだろう。砲弾神経症《シェルショック》を発症したと、ヒューズから聞いた。

離脱したアームストロングの穴を埋めるため、〈鉄血の錬金術師〉バスク・グランが召集されると、堅牢な砦の守りが一気に突き崩された。

イシュヴァラ教の最高指導者、ローグ・ロウ大僧正が投降の意思を示し、生き残ったイシュヴァール人の助命を願い出た。それと前後して、フェスラー准将が〈流れ弾に当たって〉命を落としたという。これもヒューズから聞いた話だ。

フェスラー亡きあと、そう遠くないうちにグランが准将に昇進するだろう、とも。

ロウを大総統に引き合わせる役目は、ヒューズが担った。

キング・ブラッドレイはロウの嘆願をにべもなくはねつけ、こう言い放ったという。

『ひとりの命はその者ひとり分の価値しかなく、それ以上にもそれ以下にもならん』

これもまたヒューズから聞いた話だ。

錬金術師の国家資格制度を設けたブラッドレイらしい、無情な等価交換だとマスタングは思った。

殲滅は引き続きおこなわれ、そしてダリハ地区陥落をもって、イシュヴァール全域が国軍の管轄下に入った。

ダリハを守る最後のイシュヴァール人は、マスタングがとどめを刺した。

老人と、一匹の犬だ。

「言いたいことはあるか？」

そう訊ねると、老人は恨みますとだけ言って笑った。

国軍の砦は戦勝に沸いた。

早々とトラックに乗りこむ者、手紙を書く者、酒をあおる者。

戦友の墓に勝利を報告する者もいる。

お祭り気分と悲しみと、安堵とやるせなさと——そうしたものがマーブル模様のように混じり合い、あたりには渾沌《こんとん》とした活気がみなぎっている。

「ああ……やっと帰れる」

ヒューズが脱力して座りこんだ。

この戦いから帰ったら、恋人にプロポーズするのだという。ヒューズには以前、戦地で恋人や家族の話をするやつは高確率で死ぬから止めろと注意したことがある。幸いなことに、フラグは回収されなかった。

——イシュヴァールの英雄。

部下たちは口々にマスタングの活躍を讃えた。

名を訊ねると、部下らは次々と名乗りをあげる。

チャーリー、ファビオ、リチャード、アレッサンドラ、ディーノ、ロジャー、そしてダミアノ……。

情けないと、マスタングは肩を落とす。共に戦った人々の名前もろくに覚えていない。ましてや手にかけたイシュヴァール人のことなど。

「俺たちは末端なんで、知らないのも無理はない」

チャーリーがアルマイトのカップに酒を注ぎ、マスタングに差し出した。

「貴方は悩みながらも俺たちを置いて逃げなかったし、その火力でいつも先頭をきって敵陣に斬りこんで、俺たちを無駄死にさせなかった。だいたい、名前も知らない下っ端のために命を張れる上官なんてのは、そういない。だから俺たちにとって貴方は英雄なんです」

そう言ってチャーリーは一気に酒をあおる。マスタングもつられるように口をつけた。火のような酒だ。

「貴方のおかげでたくさんの兵が生き残れました。感謝します、少佐」

敬礼ひとつ残し、かつての部下たちがぞろぞろとトラックに乗りこんでいく。それぞれに帰る場所があるのだろう。マスタングもまた、戦士たちの帰還を敬礼で見送った。

「君たちも……生き残ってくれてありがとう」

たくさん守れたのではない。これだけしか守れなかったのだ。

この手で全員を守るなど、若さゆえの青臭い理想にすぎなかった。

人ひとりの力などたかが知れている。ならば自分は、わずかでもいいから守れるだけ守ろうと思った。そして。

「下の者がさらに下の者を守る。小さな人間なりに、それくらいはできるはずだ」

「ネズミ算かよ。理想論だ！」

「理想を語れなくなったら人間の進化は止まるぞ。理想を語れよ、ヒューズ！」

　士官学校の、あのころのように。

　そうまくしたてると、ヒューズは笑った。

「てぇことは……だ。この国を丸ごと守るなら、ネズミの天辺にいなきゃならねぇよな」

　ヒューズが砦の上を指さす。

　ネズミの大将が、小さなネズミたちを見下ろしている。

　さぞかし気分がいいことだろう。

「面白そうじゃねぇか、ひと口乗ってやるよ。お前の青臭い理想が、あの神をも畏れぬキング・ブラッドレイが作り上げた国をどう変えるか――」

　見てみたいと言って、ヒューズはもう一度笑った。

リザ・ホークアイ

士官学校生となったリザ・ホークアイが〈鷹の眼〉の異名をとるまで、そう時間はかからなかった。

眼の良さ、機を待つ粘り強さ、タイミングをはかる判断力。そして突発的な事態にも揺らがない冷静さ。どれをとっても群を抜いていた。

最初に彼女を〈鷹の眼〉と称したのは、士官学校の指導教官だった。いつしかそれが学内に定着し、やがて東方司令部の知るところとなった。

〈鷹の眼〉と呼ばれることについて、当人にはこれといった感想も感慨もない。ただ、姓の〈ホークアイ〉そのままだと思った。

射撃の才など、平和な世の中であればなんの役にも立たない。むしろ立たないほうがよい。しかし現実はそうではないから、最前線で戦う味方を援護し、死傷者を減らすことができればと狙撃兵を志した。

士官学校に入学したのは、父の弟子だったマスタングが立派な軍人だったからだ。

『この国の礎《いしずえ》のひとつとなって、みんなをこの手で守ることができれば幸せだと思っているよ』

父の葬儀の席で、マスタングはそう言った。

たとえ、いつか路傍でゴミのように死ぬことになったとしても。

母はすでに亡く、父も人を寄せつけないところがあったから、参列者とはいっても娘とその弟子ふたりだけの、さびしい葬儀だ。マスタングは葬儀の手配からその後の暮らしまで、身寄りのないホークアイを何かと気にかけた。

父は優れた錬金術師だったが、かたくなで社交下手な性格もあり、出世栄達とは無縁だった。研究テーマである〈焔の錬金術〉の完成に向け、何かに取り憑《つ》かれたように学問に没頭した。

探求心と呼ぶにはあまりに熱病的な――まるで脳に魂を乗っ取られたかのような――。

そんな父が、よく弟子など取ったものだと思う。

マスタングは幾度もホークアイ家を訪ね、門前に居座り、土下座までして――ついにあの頑固な父を根負けさせた。

『師匠《せんせい》にはとうとう秘伝を教えてもらえなかった』

マスタングは自身の未熟さを恥じていたようだが、実の娘からすれば、あの厳格な父に弟子入りを認めさせただけでも十分に凄いことだ。父はすぐにマスタングの資質を見抜いたようだったから、口では厳しいことを言っても、内心では良き後継者を得たと思っていたのではないか。

父の晩年は壮絶なものだった。

病を得てからは幽鬼のように痩せ細り、そのくせ眼ばかりがある種の生気を放って、ギラギラと底光りしていた。だが——。

ある日を境に、眼から光が消えた。

ホークアイは、錬金術のことはほとんどわからない。しかし父に何が起きたのか察しはついた。

満足してしまったのだろう。自身の研究成果に。

幼いころからずっと、父が恐ろしかった。

それでも、父はこうも言っていた。

『錬金術の大いなる力が、人々に幸福をもたらす』

だからもしマスタングが〈焔の錬金術〉の使い手として相応しいと判断したなら、秘伝を伝えろ——とも。

重い役目だ。だがそれは同時に、我が娘なら正しい判断をするに違いないという、父から寄せられた信頼の証だとも思った。

この国の礎のひとつになりたいとマスタングは言った。人々を守るために錬金術を学び、生涯を軍属で過ごすつもりなのだと。

夢を語るその横顔が、錬金術が拓《ひら》く未来を信じ、研究に命を燃やした父の面影と重なる。

研究の消失や悪用を恐れた父は、難解な暗号を用い、さらに書物ではない形式で秘伝を遺《のこ》した。

文字通り、娘に〈背負わせる〉という形で――。

父の死から数年後、士官学校の卒業を待たず、ホークアイはイシュヴァールへ配置された。通常、新兵ですらない学生が激戦地に送られることはない。しかし、東方司令部はその射撃の才を見逃しはしなかった。

ホークアイの主な任務は、作戦における味方の援護と、国軍の砦に近づくゲリラの監視、排除だ。イシュヴァール人を殺さなければ、味方が殺される。だからホークアイは来る日も来る日も撃った。しかし――。

イシュヴァール人も同じアメストリス国民だ。ならばなぜ、国民を守るべき軍人がその国民に銃を向けているのか。

砂埃で薄汚れた顔を洗うたび、日に日に荒んでいく自身の顔が水に映る。はじめてイシュヴァール人を撃った日、ああこれが人殺しの目なのかと思った。

そんなホークアイに上官はよくやった、まさしく〈鷹の眼〉だと言った。

人を殺めるために軍人になったのではない。しかし。

心のどこかに、命中したことに対する手ごたえを感じている自分が――いないともいえない。

その日は、砦近くにある監視塔にこもっての任務だった。

屍の山がむくりと動き、その下から刃物をもった男が立ち上がるのが見えた。話しこむふたりの国軍兵士目がけ、イシュヴァール人の男がナイフを振りかぶる。

ホークアイはためらわず引き金を引き、その頭を正確に撃ち抜く。

ふと——照準器ごしに見える軍人のひとりに、ホークアイは見覚えがあった。

忘れもしない。

父の遺言に従い、背中を託した、あの——。

焔の錬金術の秘伝は、入れ墨としてホークアイの背中に刻まれた。愛する娘の肌に入れ墨の針を突き立てる父の狂気は、同時に接点の少なかった父娘をつなぐ、たしかな絆そのものでもあった。

マスタングなら、みんなが幸せに暮らせる未来のためにその力を使ってくれるに違いない。そう信じて、ホークアイは背中の秘伝を託した。

それなのに。

「なぜ、こんなことになってしまったのでしょうか」

終戦の日——勝利を祝う気持ちにはとてもなれず、仲間から離れひとり荒野を歩くと、イシュヴァール人の遺体が転がっていた。

ホークアイは墓を掘った。

土饅頭《つちまんじゅう》に木の棒を刺しただけの簡素な墓だが、野ざらしのままではあまりに忍びない。せめて埋葬してやりたかった。

岩と砂ばかりの土地だから、供えられる花もない。

ふいに、背後から話しかける者があった。マスタングの声だ。

戦友のかと訊ねられたので、いいえと答えた。

「イシュヴァール人の子供がひとりだけ、打ち捨てられていたので」

「……帰ろう……戦いは終わった」

終わってなどいないと、ホークアイは思う。

そう、なにひとつ。

「貴方を信じ、貴方に父の研究を託し、そして焔の錬金術師を生み出したのは私……国民の幸せを願い士官学校に入ったのも私……」

マスタングは黙ったまま、ただじっとそこにたたずんでいる。頬がところどころ煤《すす》で汚れていた。

「それが望まない結果になったとしても、事実から逃れることはできません。否定し、償い、許しを乞うなど殺した側の傲慢《ごうまん》です」

ならば、せめて――。

お願いがありますと言って、マスタングを見る。

「私の背中を、焼いて潰してください」


二度と焔の錬金術師を生み出さないように。

この背中の秘伝が使いものにならないように。

背中の火傷は思った以上に早く癒えた。痕は残ったが、マスタングは暗号の肝心な部分のみを焼き潰したため、傷は最小限で済んだ。

火傷の深度や範囲を、マスタングは思いのままコントロールすることができる。イシュヴァールで積んだ経験がそうさせたのだというから、これ以上の皮肉はない。

ホークアイは士官学校を優秀な成績で卒業し、再びマスタングの前に立った。退学することも、違う道を選ぶこともしなかった。

「イシュヴァールであんな思いをしたのに、結局この道を選んだのか」

厳しい顔つきのマスタングに、ホークアイはうなずいた。

すべて自分で選んだ。軍服に袖を通すことも、再び銃を取ることも。

「そうです。……手を汚し、血を流すのはわれわれ軍人だけでいい」

世界を貫く理が等価交換だというなら、新しい世代の幸福のため、その代価として軍人が屍を背負い、血の河を渡ればいい。

ホークアイがそう言うと、マスタングは眉根を寄せた。背中を焼き潰したときとよく似た顔だと思った。

「君を私の補佐官に推薦しようと思う——君に私の背中を守ってもらいたい」

わかるかと前置きして、マスタングは言葉を継いだ。

「私が道を踏み外したら、その手で私を撃ち殺せ。君にはその資格がある」

上に立つ者が道を誤ればその下が——全体が歪む。

マスタングはその審判をホークアイに委ねると、そう言っているのだ。

覚悟とはなんだろうかと、ホークアイは自分に問う。

信念とか勇気とか、そういった大げさなものとは少し違う。

ホークアイが考える覚悟は、自身の意志で判断し、選び、そして得た結果に責任をもつことだ。

決断するのは私、信じるのは私、引き金を引くのも私。

何か行動を起こすとき、そこに〈私〉がいることを自覚することだ。

「私が君たちの命を守る。君たちはその手で守れる数だけ……わずかでいい。下の者を守れ」

マスタングの言う通り、互いに守り合うことができれば、この国はいずれ変わる。

「今は何があっても生きのびて、みんなでこの国を変えてみせよう」

付いてきてくれるかと問うマスタングに、ホークアイは答える。

「お望みとあらば、地獄まで」

決めるのは私だと、そう強く自覚しながら。

第九章「受け継がれるもの」

――これが私の知るイシュヴァール。

そう言ってホークアイはエドの目を見た。

マスタングが何を目指しているのか、なぜ上を目指すのか、エドはようやく合点がいった。ただの野心家ではないとは思っていたが。

しかしマスタングがいくら国内を守っても、ひとたび戦争が起これば今度は他国の人々を巻きこむことになる。

エドの問いに、ホークアイは体制そのものを変えていくのだと言った。

「軍事政権の傀儡《かいらい》となっている議会を民主制に移行……他国と協議を重ね、ゆるゆると軍備を縮小して生き残りの道を探る……のがいいのかしらね」

なるほどと思う一方で、エドの胸に別の疑問がわく。

軍が力を失えば、イシュヴァール殲滅《せんめつ》戦に関わった者の多くが戦犯として裁かれるのではないか。乱世の英雄が、平和な世の中になったとたんに大量虐殺者のそしりを受ける。

歴史上、そんなことが幾度もあったことはエドも知っている。

ならば〈イシュヴァールの英雄〉と呼ばれたマスタングは。

マスタングはそれを承知で、この国のトップを目指しているのか。

――そんなのは。

「自滅の道じゃないか！　大総統の命令だろ！　なのに、大佐や中尉が裁きを受けるなんて……！」

「たとえ命令であったとしても、実行したのは私たちよ。沢山の人の人生をその人の許可なく終わらせた。その私たちが、勝手に死にたいときに死ねるわけがない」

だから、とホークアイはきれいに拭き上げた銃を手に取る。

「せめて私たちの次の世代には笑って、幸せに生きてもらいたいのよ。自己犠牲とかではなく——それが生き残った者としての、私たちなりのけじめなの」

ホークアイがいう〈次の世代〉には、エドやアルも含まれているのだろう。そして、子や孫の世代も。

つまり彼らは目的を果たしたその先を——数百年単位の未来を見ているということだ。その生き方は立派だが、それでもエドは、誰にでも幸せを求める権利があるのではとも思う。

イシュヴァールでの話は納得がいくことも、いかないことも、その狭間でもやもやとする思いもある。

スカーのしたことは決して許されることではない。けれど生まれ育った土地に帰れない痛みが、どれほど人の尊厳を傷つけるのか。エドにも想像はできる。

過去は変えられない。過ちも取り返せない。ただ過去のできごとは、現在に連なる身近なことなのだとエドは知った。

ならば、次にできることはなんだろうか。

知り得たことについて考え続けることだ。たとえ答えが出なくとも。

痛みを伴わない教訓には意義がない。

それなら、痛い思いだけをして何も学ばないのはとても損じゃないかと、エドは強く思う。

「イシュヴァールのこと、話してくれてありがとう」

感謝を口にするエドに、ホークアイは穏やかな笑みを返した。

※

アルは自分に拾いグセがあることをよく知っている。

寄る辺のない小さな生き物を見ると、ついつい手を差し伸べたくなってしまう。だから操車場に吹き荒れる蒸気の嵐のなか、メイを探し右往左往しているシャオメイを見つけて——つい。

兄に言うとまた叱られる。だからこっそり鎧のなかにかくまい、そのままノックスの家に向かった。いつバレるかとヒヤヒヤしていたから、ひとりになれる戸外での見張りはうってつけの役目だった。

ランファンの容態も落ち着きはじめたころ、アルはシャオメイを抱いて街に出た。早くメイのもとに返してやりたいが、果たして広い中央《セントラル》のどこにいるのか。

「キミは面白い模様の猫だよね」

シャオメイがふるふると首を振ったように見えた。

「いやいや、もしかして犬？　う〜ん、やっぱり猫だよね。でもワンともニャーとも鳴かないし……シンは不思議がいっぱいだね」

穏やかに話しかけていると、シャオメイがふいに何かに反応し、アルの胸をピョンと飛び出して一直線に駆けだした。

その行く手に——。

メイだ。メイがいる。

今にも泣きそうな顔で、行き交う人々にシャオメイの似顔絵を見せている。

シャオメイが大きくジャンプして、その背中に飛びついた。

「シャオメイ!?　良かった、心配したよ〜！」

ひとりと一匹は互いの無事を喜び、ぎゅうぎゅうと抱きしめ合う。仕草も顔つきも似た者同士だなあと、アルは思った。

——良かった。

シャオメイを返すことができて、たしかに良かったのだけれど。

「行こう、スカーさんも待ってるから」

メイの口からスカーの名を聞き、アルははっとした。操車場での戦いでメイはスカーの逃亡を助けたが、しかし殺人犯に協力するような少女には見えない。何か事情があるのだろうかと、アルは胸騒ぎを覚える。

シャオメイを抱いて、メイが嬉しそうに歩き出す。

アルはこっそりと、そのあとを尾けた。

※

グラトニーは怒っていた。

見知らぬ場所にわけもわからず連れ去られたからでも、きつく巻かれたワイヤーがみちみちと肉に食いこむからでもない。不自由だし、痛いのはたしかだが、大した問題ではない。

グラトニーは自分が愚鈍であることを知っている。

だから家族の言うことはよく聞いた。

生みの親であるお父様のことは大好きだ。物知りで、なんでも造れる。お父様の喜ぶことなならどんなことでもしたいと思った。

　きょうだいのことも大好きだ。どうやら世の中には食べていいものといけないものがあるようだから、その区別はほかのきょうだいにつけてもらったし、おいしそうなものを見たらかならず『食べていい？』とたしかめた。たとえそれが一番下の弟であるラースでも、言いつけは守った。我慢できず、つまみ食いすることはあったけれども。

　なかでも、グラトニーが好きなのはラストだ。

　ラストはきれいで賢く、そして優しかった。いつでもどこでもグラトニーを連れ歩き、たまにおいしいものをくれたりもした。人造人間《ホムンクルス》にはお父様しかいないが、しかし人間には父親とは違う、母親なる存在もいるのだという。だからもし自分にも母親がいたなら、きっとラストのように優しくていい匂いがするのだろうなと、想像したこともあった。

　――それなのに。

　第五研究所での戦いできょうだいとの合流地点に向かったとき、すでにラストは跡形もなく焼き尽くされ、グラトニーは半ば消し炭となったエンヴィーを回収するので精いっぱいだった。

「ラスト……ラスト……」

　姿が見えない、声が聞こえない。呼んでも返事がない。

　しばらく何も喉を通らなくなった。

グラトニーをさいなむ空腹感はなりをひそめ、悲しみが腹をいっぱいに満たした。ふだん食べている人間や生き物の代わりに、塩辛い涙が口に流れこんできた。

そのラストの仇《かたき》が。

今、ここにいるのだ。

「スカーの隠れ家を見つけたって!?」

「そう叫ぶなよマスタング。ほら、例の兄弟が地図を置いて行ったぞ」

「あいつら……また勝手なことを」

グラトニーが食うのは、単に腹が減っているからだ。ただ〈暴食《ぼうしょく》〉の性《さが》に従っているだけだ。

邪魔だから食らってやろうとか、憎いから丸呑みにしてやろうとか、そんなことは今まで一度たりとも考えたことはない。しかし。

──ロイ・マスタングだけは。

「……ラスト殺した……ううううう」

※

鎧姿のアルは、これ以上ないほど尾行に向いていない。やたらと目立つうえに、用心して歩かないとガチャガチャ音が鳴る。しかし今回は――。

「お手柄だ、アル」

声を潜めつつエドは弟をねぎらう。

メイを尾け、アルはスカーの根城を突き止めた。中央の外れにある廃工場だ。

場所を記した地図はノックスに託してある。じきにマスタングたちが応援に来るはずだ。

「でも大佐たちを待ったほうが……」

「いや、オレたちの手でとっ捕まえて、ウィンリィの前で土下座させてやる」

建物の外から様子をうかがっていると、メイが姿を現した。シャオメイも一緒だ。

アルが妙に感慨深げに言った。

「それにしても、あの子が皇女様とはねぇ……」

「おい待て、皇女ってなんだ？」

「あれ、リンから聞いてなかった？　メイは皇位継承を争うライバル、チャン家の皇女だって」

「お、おうじょ――!?　あれが……？」

メイが建物を見上げ、スカーさんと叫んだ。視線の先をたどると、たしかに。

――スカーだ……！

エドは息を呑んだ。五階あたりだろうか、窓の桟に身体を預けているスカーの姿が見えた。

「水と食料以外、何かいるものありますカ？」

スカーが無言で首を横に振ると、メイは行ってきますと言ってトコトコと商業地区の方角へ歩き去った。

メイの姿が見えなくなったことを確認すると、エドはアルをともなって廃工場に侵入した。スカーがいるとおぼしき部屋まで、気取られないよう慎重に歩みを進める。

物かげからうかがうと、スカーは撃たれた左足の調子を見ているようだった。

「いいかげん捕まっちまえよ」

エドの姿をみとめるなり、スカーは戦いの合図のように右手の骨を鳴らした。

「みずから裁かれに来るとは良い心がけだ」

「あぁ、そうですか！」

エドが両手を合わせる。三度目の戦いで、兄弟はスカーのスピードには慣れてきている。エドは壁や床に沿って立て続けに槍を錬成し、距離を取る。周りはコンクリートや鉄筋だらけだから、材料には困らない。

スカーは片端から槍を破壊していくが、エドの錬成速度に追いつけず、間合いは一向に縮まらない。

「その足の傷ではオレのスピードについて来るのは無理だ。お前の技など肉体に触れなければ恐くない！」

エドは追撃の手をゆるめず、間合いを詰められないよう床や天井に這《は》うパイプを変形させ、スカーを上下に揺さぶる。スカーがいかに体術に優れていても、そう簡単にこちらに近づくことはできない。

蓄積したダメージが、じりじりとスカーの体力を奪っていく。

攻めあぐねたのか、スカーは床に手をついた。

破壊の右手を中心に亀裂が走る。轟音を響かせて五階の床が崩れ落ち、スカーは瓦礫《がれき》とともに階下へと消えていった。

「うわっ！」

——かかった！

エドがそのまま四階へと着地すると、もうもうと立ち上る粉塵の向こうに、アルの姿が影絵のように浮かぶのが見えた。

「よくやった、アル！」

四階で待機していたアルがスカーを羽交いじめにしている。スカーは抗うことなく、ただ押し黙ってエドに鋭い眼光を投げている。

「状況を打開しようとするとき、足場を崩しにかかるくせはお見通しだ」

「兄さん、早く右手を封じよう」

これといった感情の浮かばない顔で、スカーは口を開いた。

「……己《お》れが破壊したのは、先ほどの階だけではない」

突如、兄弟の足元がぐらりと揺れる。四階、三階、二階——ドン、ドンとリズミカルな音を立てて床が次々に崩落し、三人は地上階へと真っ逆さまに落下していく。

「うぉっ!?」

大量の粉塵が煙幕のようにあたりに充満する。

エドが瓦礫の下からのろのろと身を起こす。頭からパラパラと小さな破片が落ちた。

「ううううっ……ったく、めちゃくちゃな野郎だ……」

舞い立つ塵に目を細めながら、エドは周囲を見回した。

——スカーは。

スカーはどこだ？

「まずい！」

粉塵の向こうから太い腕がぬっと飛び出し、エドに襲いかかる。その腕をアルが体当たりでブロックした。

兄弟は息を合わせ同時に手を鳴らす——が。

スカーの右腕が一瞬早い。

床が弾け、衝撃とともにエドの身体が宙に放り出される。スカーがとどめを刺さんと右腕を大きく振り上げた、そのとき——。

ふたつの赤い瞳が、一点を見つめたまま凍りついた。

視線の先には。

「ウィンリィ!?」

エドは機を逃さずスカーに飛びかかり、床に引き倒すと、瓦礫を変形させて破壊の右腕を拘束する。

「下がっていなさい」

マスタングとホークアイが、ウィンリィをかばうように前に出る。

「バカ野郎、なんで連れて来た？」

「私がどうしてもってお願いしたの！」

抗議の声をあげるエドを制し、ウィンリィはスカーにゆっくりと歩み寄った。

「ウィンリィ！」

「バカ、近寄るな！」

エドがウィンリィの肩を掴む。

「放して、大丈夫だから」

「大丈夫なわけないだろ！」

ウィンリィはエドと目を合わせず、話をさせてと言った。

「……ちゃんと、向かい合って話したかった」

危険な場所にウィンリィを同行させた、マスタングの判断にエドは腹が立った。だが切実な色をたたえたウィンリィの横顔を見ると何も言えなくなる。

エドの手が離れると、ウィンリィはまっすぐにスカーを見据えた。

「なんで父さんと母さんを殺したの？」

「……何を言っても言い訳にしかならん……己れがロックベルという医者夫婦を殺したのは事実だ。だから――」

申し開きも弁解もなく、スカーはとつとつと犯した罪を認めた。

「だから娘よ。お前には、己れを裁く資格がある」

スカーは糸が切れたかのように脱力した。左腕の傷は深く、上着までぐっしょりと血で濡れている。

敵意も殺意も感じられない。

怒気と憎悪をたぎらせてエドとアルを叩きのめした、あの連続殺人犯の面影はない。そこには疲れ果て、打ちひしがれた、ただの男がいるように見えた。

ウィンリィはポケットからハンカチを取り出し、スカーの前にしゃがみこむ。

「腕……」

ハンカチを適当な大きさに裂くと、スカーの左腕に巻きつける。

「……このままだと失血死しちゃう」

スカーは赤い瞳をいっぱいに見開く。その顔に怒りや憎しみ以外の表情が浮かぶのを、エドははじめて見た。

「父さんと母さんも、たぶんこうしただろうから」

悲しいような、切ないような、さみしいような、それでいてほのかな希望があるような――そんな気持ちが胸からせり上がって、エドはウィンリィを見守る。

「父さんと母さんが生かした命だもの。何か意味があるんだと思う」

「己れを……許すというのか？」

勘違いしないでと、ウィンリィは決然と言う。

「理不尽を許してはいないのよ」

スカーを見るウィンリィの眼には、強い意志の光が宿っている。

なぜ撃てなかったのか――ウィンリィは自分の答えを見つけだしたのだろう。

両親の遺志は継ぐ。憎しみの連鎖は堪えて断つ。

エドの脳裏に、ロックベル家の待合室にズラリと並んだ患者たちの姿がよぎる。どの顔も、生活と人生を取り戻した喜びでいきいきとしていた。

受け継いでいくべきものと、断つべきもの。

相反するふたつを抱えていられるウィンリィは、やはりロックベルの女なのだと——エドは思った。

※
堪えねばならんのだよと、師父はスカーをさとした。

『国軍のしたことを許せというのですか?』

『堪えると許すは違う』

どう違うのか、そのころのスカーには腑《ふ》に落ちなかった。

愚かな弟子だと思う。

『世の理不尽なできごとを許してはいかん。人として憤らねばならん。だが堪えねばならぬ。誰かが堪えて堪えて、堪え抜いて、憎しみの連鎖を断ち切らねばならぬ』

憎しみは底なしの樽のようなものだと、スカーは思う。いくら国家錬金術師の血を搾り、注いでも、決して満たされることはない。

今、目の前でスカーを手当てしている少女は、スカーが耳を貸さなかった師父の言葉そのものの姿だ。自分より若く、非力で、絶対神イシュヴァラの教えなど知らぬ異民族の少女が、唇を震わせて。

——必死で堪えている。

兄は、錬金術を学ぶことで世界の流れを変えたいと微笑んでいた。

『負の感情が集まれば、世界は負の流れになってしまう。逆に正の感情を集めれば、世界を正の流れにすることもできる』

少女は止血を終えると、エドワード・エルリックに大丈夫と言って立ち上がった。

「泣かないよ」

哀しい笑顔だと、スカーは思った。

あるいは負の流れを食い止めようとする者は、みなこのような顔をするのだろうか。

「……ウィンリィはこうだけどな。オレたちはできることならてめぇを殴り倒して、ロックベル家の墓の前に引きずり出してやりてぇよ」

「大人しく裁きを受けて、罪を償ってもらう」

エルリック兄弟の言葉を、スカーは黙って受け止める。

「……己れはあの内乱で生まれた、憎しみという名の膿《うみ》だ」

イシュヴァラから賜った名は捨てた。

神に祈ることも、省みることもしない。ならば。

「膿は膿らしく神に救われず腐り、ドブの中に消えるのが似合いなのだろう」

娘よ——と、スカーはウィンリィを見上げる。

「今さら謝ったところで何が変わるでもないし、許してもらおうという気もない……ただ」

すまなかったと言って、スカーは眼を閉じた。

第十章「果てなき闇」

「もう大丈夫だ」

命に別状はないというノックスのお墨付きに、リンは心から安堵した。

「貴方のおかげで臣下の命が救われタ。感謝すル」

両手を合わせ感謝の意を示すと、ノックスの唇がわずかに震えた。

「俺は感謝されるほどの医者じゃねえよ……」

ランファンは安らかな寝息を立てて眠っている。

「イシュヴァールの内乱では死体、死体、死体の相手だった。もう俺にゃあ人を治す資格はないと思ったよ……だから今は検死専門だ」

イシュヴァールで何があったのか、リンは知らない。ただノックスの口ぶりから、医師にあるまじきおこないに手を染めたことは容易に察しがつく。当時のことをひどく悔いていることも。

それでもノックスは手を尽くしてランファンを救ってくれた。リンにはそれで十分だ。

「爺さんは義手探しか？」

「あア。仮の義手で手当てしたラ、人造人間《ホムンクルス》を連れてシンに」

戻ル……と言いかけたそのとき。

グラトニーの絶叫に続き、すさまじい破壊音がとどろいた。炸裂音とも銃声とも違う。

暴風のような、何かを吸いこむような――。

寝室から飛び出したリンとノックスは、尋常でない光景に言葉もなく立ち尽くす。

物置が内側から大破し、床が半円状に大きく削られている。あたりには、千切れたワイヤーが散乱していた。


グラトニーが放つ気配を追って、リンはノックス家を飛び出した。

——ロイ・マスタング!!

グラトニーはたしかにそう叫んだ。狙いがマスタングならば、行き先はエルリック兄弟がいる廃工場だ。

グラトニーは鼻が利く。おそらくマスタングの匂いを追っているのだろう。

エルリック兄弟といい、つくづく厄介ごとに好かれる連中だ。だがその点については人のことはいえないと、そんなことを思いながらリンは廃工場に駆けこむ。

崩れた壁の向こうにエドたちの姿をみとめると、リンは大声で叫んだ。

「エド！　まずいことになっタ！」

背後から嫌な気を感じ、リンはとっさに飛びすさる。

壊れかけの壁を跡形もなく破壊して、グラトニーの巨体がぬうと姿を現す。

「ウウウウッ……マスタング……!!」

忌まわしく変貌したグラトニーの姿に、リンは戦慄《せんりつ》した。

上あごから腹にかけて肉が大きく裂け、その縁には肋骨が変形したと思われる牙が無数に連なっている。だがリンが何よりおぞましいと感じたのは、腹のなかの暗黒からじっとこちらを見つめている――巨大な眼だった。

※

「……よくもラストを……マスタング……許さんぞおおおお!!」

ラストとマスタングの名をしきりに繰り返しながら、グラトニーはその巨大な口をぱっくりと開く。瞬間、錬成光とともに強烈な風圧が押し寄せ、エドは手で顔を覆った。

――何が。

何が起きたのか。

とっさに飛びすさったエドの足元に、半円状の溝が走っている。瓦礫も壁も円形にえぐり取られ、その先に大きく腹部を開いたグラトニーが仁王立ちになっている。

「こいつ……何しやがった……!?」

ホークアイが素早く銃を構えるとやはり疾風が走り、銃身が半分消失した。

食われた――というより、消えたのだ。跡形もなく。

「みんなを連れて逃げろ中尉！　そいつの狙いは私だ！」

マスタングが指を弾くと、グラトニーは激しい炎をあげ、肉が焼ける臭いが漂いはじめる。勝負あったか……とエドが思った、そのとき。

すさまじい風が炎を巻きこみ、深紅の渦を描きながらみるみるグラトニーの腹におさまっていく。あたりに漂う小さな火の粉まで呑み尽くすと、グラトニーはげっぷと喉を鳴らした。

「炎を……呑んだ？」

エドたちに驚く暇も与えず、グラトニーはじゅるじゅると不快な水音を立てながらマスタングに突進していく。かろうじて身をかわしたマスタングが、床に力なく膝をついた。

「大佐！」

ホークアイとエドが駆け寄る。足をやられたようだ。

「兄さん、スカーがいない！」

「くそっ！」

スカーを捕らえていた瓦礫の拘束具が、グラトニーの暴走でゆるんだのか。

勢いあまって壁に大穴をあけたグラトニーは、ゆっくりとこちらに向き直ると、うずくまるマスタングに再び襲いかかる。

ホークアイに援護されながら、エドとアルでマスタングを支え、グラトニーの体当たりを避ける——しかし。

その先に。

「ウィンリィ――!!」

間一髪、スカーが身体を割りこませウィンリィを背中に隠す。たくましい両腕が、グラトニーの牙をがっちりと受け止めた。

「今のうちだ、早く逃げろ!」

ウィンリィが青い顔でうなずき、エドのもとへと走る。

「お前たちもだ、早く行け!」

「……すぐ戻ってくるからな!」

エドは少しだけ迷ったあと、ウィンリィとマスタングをともなって建物の外へと退避し、ホークアイが運転する車にふたりを押しこんだ。

「中尉、出してくれ」

「な……私だけ逃げるわけにはいかん!」

マスタングとはそこそこ長い付き合いだ。置いて行けるような性格でないことは、エドもよく知っている。しかし今は――。

「足手まといだ!」

「帰って!」

「本気で役に立ってません!」

エド、アル、ホークアイの波状攻撃を食らい、しょんぼりとなったマスタングに、エドはきっぱりと言った。

「大佐は戦う相手が違うだろ！」

国のトップが人造人間など、放っておいていい事態ではない。まずは軍内部で誰が敵味方なのか、はっきりさせなくてはならないはずだ。

「オレたちがもう一度、あいつを捕まえる」

エドが静かに言うと、マスタングは厳しい顔つきで押し黙る。その向こうから、ウィンリィが心配気に顔をのぞかせた。

「エド、アル、リン、気をつけてね」

「大佐、ウィンリィを頼む」

マスタングはエドを見ると唇を引き結び、何も言わずうなずいた。車が急発進する。

エドがきびすを返すと、ドンと大きな音がして、スカーが弾き飛ばされるのが見えた。地面に放り出され、スカーはそのまま動かなくなる。

グラトニーは肉食獣のようなうなりをあげ、うろうろとマスタングの姿を探している。

「……ロイ・マスタングはどこだ!?」

もう一度捕まえると見得をきったものの、すっかり狂暴化したグラトニーを相手にこれといった作戦があるわけでもない。ぶっちゃけおっかねえ……と震え上がったとき。

漆黒の馬が、エドとグラトニーをへだてるように走りこんできた。

「止まれ、グラトニー」

馬がしゃべった——と思ったその瞬間、グラトニーのうなり声がぴたりとおさまる。

メキメキと骨がきしむような音とともに錬成光が走り、馬体が変形していく。四本の足から人間の手足が現れ、首は見る間に短くなって人の顔かたちをとり、黒髪の若い男のような——エンヴィーの姿になった。

「グラトニー、落ち着け。焔《ほのお》の大佐も、このおチビちゃんたちも呑んじゃダメって言ってあるだろ」

「ラストの仇《かたき》!! 呑む! 呑む! 呑んでやる!!」

我を見失ったグラトニーに、エンヴィーが駄々っ子を叱るような口ぶりで言う。

「お父様に怒られるぞ」

「……おとーさま……おこられる……」

エンヴィーの言葉を反復しながら、グラトニーは少しずつ落ち着きを取り戻していく。

「そうだ、お父様に怒られる」

「……おこられる……」

グラトニーは半泣きになり、ラストの名を呼びながらグスグスとぐずりだした。

エドは彼らのいう〈お父様〉なる存在が気になった。手のつけようのないほど荒ぶっていたグラトニーが、叱られることを恐れ正気に返る――それほどの影響力をもつ人物とは、つまり人造人間の生みの親ではないのか。

様子をうかがいながら、エドは素早く思考をめぐらせる。

人造人間はエドとアルを死なせるわけにはいかないから、狙われるのはリンのみとなる。本来であれば『おチビちゃん』呼ばわりしたエンヴィーはこの場で――生身ではなく鋼の拳のほうで――殴り倒してやりたいところだが、今はより厄介なグラトニーを兄弟で引き受け、エンヴィーの相手はリンに任せたほうが得策だ。

「よし、俺がエンヴィーを捕まえル、あとは頼ム」

リンが刀を構えると、エンヴィーはまたお前かよとひどく嫌な顔をした。

※

子供のころから今に至るまで、さまざまな護身術を叩きこまれた。身を守るすべは多いほうがいいが、なかでも剣技は真面目に修行しておいて良かったと、リンは思う。

特にアメストリスに来て、人造人間とやり合うようになってからは。

エンヴィーに向かって突進すると、リンは押しこむように刀を繰り出す。キング・ブラッドレイのスピードとプレッシャーに比べれば、同じ人造人間でもエンヴィーは隙だらけだ。だが、リンの一刀がエンヴィーの脇腹に深く刺さったとき。

「かかったな」

エンヴィーが口元だけで笑う。

怪しい錬成光が走り、ぬるりと嫌な感触がリンの腕から這《は》い上って、ギリと首に巻きついた。

エンヴィーが自身の右腕のみを蛇に変化させたのだ。あえて攻撃を受けることでリンの刀を封じ反撃に転じる、人造人間にしかできない荒業だ。

「なるほど……肉を切らせて骨を断つ……カ」

絞り上げるような締めつけに、リンの骨が悲鳴をあげる。そのぎちぎちという音を聞きながら、リンはつま先で土を蹴り上げた。エンヴィーがひるんだ瞬間、蛇を切断して身体から振りほどくと、返す刀でその肩を斬りつける。

「ヤ……ロウ……目潰しなんてセコい手使いやがって……！」

「家柄のせいで小さいころから暗殺の危険にさらされ続けているんでネ。強く、セコくならざるを得なかったんだヨ」

リンも好きこのんで皇家に生まれたわけではない。しかし嘆いたからといって、暗殺者が手加減してくれるわけでもない。だから学ぶべきは、何も剣技や体術ばかりではない。セコさもズルさもしたたかさも、立派な身を守るすべだ。真面目に修練しなければ身につくものではない。

エンヴィーの口元からにやにや笑いが消える。

「クソが……ニンゲン風情が見下してんじゃねぇ！」

「人間なめるなヨ！　人造人間!!」

その〈ニンゲン風情〉に気圧されているのはどちらだと、エンヴィーをにらみつけたそのとき。

わあという悲鳴とともに、エルリック兄弟がこちらに飛んできた。グラトニーの怪力に投げ飛ばされたアルが、エドを巻きこんでごろごろと転がり瓦礫の山に激突する。

「おいおい、こっちの邪魔すんナ……！」

リンがよそ見をした一瞬を突き、エンヴィーが間合いを詰める。だが、リンが敵を前に気を抜くことはない。エンヴィーの突進を軽くかわすと、その勢いを利用して右足を切断する。

「ぐ……あああ！」

仰向けに倒れたエンヴィーに、すかさず心臓への一撃を振り下ろそうとしたとき。錬成光とともにエンヴィーの輪郭がぶれ、ここにいるはずがない少女の姿をとる。

――ランファン!?

否。

これはエンヴィーだ。

頭ではわかっているのだ。

わかっているのに──縫《ぬ》い留められたように身体が動かない。感情が理解に追いつかない。

「やれ！　グラトニー！」

エンヴィーの勝ち誇るような声に呼応し、グラトニーの腹が縦にぱっくりと裂けた。

※

リンの背後にグラトニーが迫る。獲物を食らおうと肋骨を開け放ち、その奥で閉じられていた単眼がゆっくりと見開かれる。

──まずい！

「リン！　呑まれるぞ！」

とっさに飛び出したエドが、リンを思い切り突き飛ばす。グラトニーの腹を中心に暴風が巻き起こる。すさまじい陰圧に捕らえられ、身体が動かない。

「待て！　人柱は食べちゃダメだ！」

エンヴィーがエドの足首をがっちりと掴んだ。

「兄さん！」

視界の端で、アルがこちらに向かって手をのばしているのが見えたそのとき。

ボッと空気が破裂するような音がして、エドの意識は途切れた。


ひどい――とてもひどい臭いだ。

妙に生ぐさい臭いで、エドは目を覚ました。

どろりとした液体があたりを満たしている。その不快な感触に包まれながら、エドはまず両腕の状態を確認した。

右の機械鎧《オートメイル》は――動く。

左も問題なし。両足にも特に痛みはない。

あちこちに痛みはあるものの、錬金術の使用と移動には問題ない。その二点をたしかめて、エドはゆっくりと身を起こす。

黒いペンキでべったり塗ったような、暗黒の空が視界に重くのしかかる。ちろちろと燃えている火のおかげで、かろうじてあたりの状況を把握することができた。

「な……これ血か」

足元は一面血の海で、四方はどこまでも闇が続いている。暗くて遠くまで見渡せないが、はるか彼方には赤と黒でへだてられた水平線が広がっているのだろうか。

「そうだ、リンと一緒にグラトニーに呑みこまれた……」

散乱している残骸や人骨のたぐいは、これまでにグラトニーが呑みこんだものだろうか。

エドは血の海をざぶざぶと蹴りながら進む——といっても、後ろを見ても前を向いても闇ばかりだから、どちらに進んでいるのかわからない。

「おーい、誰かいないのか！」

エドの声が暗闇に吸いこまれる。

「アルー！　バカ皇子！」

「……バカとは何ダ、バカとハ」

声のするほうに振り向くと、炎のかたまりがゆっくりとこちらに近づいてくる。

松明《たいまつ》だ。松明の丸い光が闇を切り取って、リンの顔に光と影を落としている。

「一国の皇子になんたる言い草ダ」

「無事だったのか！　で、ここはどこなんだ？」

「わからなイ。かなり歩いてみたんだガ、ひたすら暗闇だっタ」

グラトニーに呑みこまれたところまでは、エドも記憶がある。しかし腹のなかにこんな広大な空間が広がっているとは、にわかには信じがたい。

暑くも寒くもない。月や星がないから、夜というわけでもない。生き物の気配もないから、野外でもなさそうだ。

「お前たちかよ」

ざぶんと音がした方向を見ると、松明の明かりにゆらりと浮かぶ人影があった。

「エンヴィー！」

エンヴィーはエドとリンの姿をみとめると、うんざりした顔で近くの瓦礫に腰かけた。

「出口を教えてクダサイ！」

〈生き残るためなら敵に魂も売る〉がエドの信条だ。ここぞとばかりに下手《したて》に出て頼むエドに、エンヴィーは出口なんてないよと言った。

「……っとに、よけいなことしてくれた。グラトニーのやつ、このエンヴィーまで呑みこみやがって……」

エンヴィーは片手で顔を覆い、重い溜息をついた。

「呑みこむって、やっぱりここはグラトニーの腹の中なのカ？」

「そうだ。誰もここを出られない。力尽き、寿命が尽きるのを待つしかない。……みんなここで死ぬんだ」

嘘だ――と思いたかった。

だが、いつも嫌な笑みを浮かべて人間を蔑んでいるエンヴィーが、焦りと絶望を眉間ににじませてうつむいている。

エドの心臓が大きく波打つ。

──オレが死んだら、アルは。

「アルはどーすんだよ……約っ……約束してんだよ……！」

ウソだと叫ぶエドに、エンヴィーは自嘲《じちょう》ぎみに言う。

「ウソなんかじゃないさ。みんなここでくたばるんだ！」

エンヴィーの投げやりな言いぐさが癇《かん》に障り、エドは怒りにまかせて拳を振り上げる。

「いい加減なことばかり言いやがって！」

ゴツン。

重い音を立ててエドの拳がその顔面を捉えた。しかし渾身《こんしん》のパンチにもエンヴィーはビクともしない。

──こいつ……!?

ふと、第五研究所での戦いが脳裏によみがえる。エドを足蹴にしていたぶった、エンヴィーの身体が異様に重かったことが──。

「……やるか、ガキども！」

どうせここで死ぬんだと言って、エンヴィーは立ち上がった。

「……冥途《めいど》の土産にいいものを見せてやるよ」

稲妻のような激しい錬成光が、エンヴィーの四肢を包む。

骨や筋肉がきしむ音とともに、その身体が変形しはじめる。華奢な胴体はむくんだように膨らみ、脊椎が大きく発達してトカゲの尾のように長くのびていく。均整の取れた肢体は見る間に鋭いかぎ爪を生やし、なめらかな肌は硬いウロコに覆われ、つややかな髪は黒い炎のように――。

「これって何だかやばい感じだよナ……」

「ああ……」

エドとリンが呆然と見守るなか、獣とも爬虫類《はちゅうるい》ともつかない、六本の足をもつ巨大な怪物が姿を現す。胴から足にかけて無数の人面が貼りついており、ぶつぶつと何ごとかをつぶやいている。

「これが……エンヴィーの本当の姿なのか……」

〈嫉妬《しっと》〉の醜い本質にエドは息を呑む。

――ゴォウオオオオオ――

羨ましい妬ましい疎ましい――そう叫ぶかのようなエンヴィーの咆哮《ほうこう》に、闇が大きく揺れた。

了

映画ノベライズ
鋼の錬金術師2
復讐者スカー

2022年6月3日　初版発行

著者　荒居蘭

原作　荒川弘

脚本　曽利文彦　宮本武史

デザイン　D3（橋本謙太郎）

発行人　松浦克義

発行所　株式会社スクウェア・エニックス
〒160-8430
東京都新宿区新宿6-27-30　新宿イーストサイドスクエア
〈お問い合わせ〉
スクウェア・エニックス　サポートセンター
https://sqex.to/PUB

印刷所　図書印刷株式会社

ISBN978-4-7575-7995-8　C0193
Printed in Japan